SELECTED POEMS OF ANTONIO GAMONEDA

加莫内达诗选

[西班牙] 安东尼奥 · 加莫内达 ———— 著

赵振江 ——— 译

华东师范大学出版社

上海

华东师范大学出版社六点分社 策划

主编 赵四

编委 赵四
大流士·莱比奥达（波兰）
雷纳托·桑多瓦尔（秘鲁）

写在前面的话（代序）

点点

1

荷马史诗，是一种“史记”的写作。用“荷马”来命名诗歌奖，与当今世界林林总总的诗歌奖相较，颇有一分古今之争的意味，也许这是欧洲人试图拯救诗歌传统的念想，至少象征一种对欧洲盛行历史虚无主义的抵御。

2

中国诗人喜好起笔名，于是汉语诗坛上有了一堆风生水起的笔名。每每谈及，几分怪诞，几分神秘。有一个女子，硕士班里 10 个同学，她恰好排行第四，于是诗坛上就多了一个笔名：赵四。

赵四，博士，诗人，编辑。热情，干练，率真。2017 年，她受邀担任欧洲诗歌暨文艺“荷马奖章”评委会第一副主席，并萌生了将一些适合中国读者的获奖诗歌逐译成汉语的想法。于是，有了“荷马奖章桂冠诗人译丛”的问世。

赵四，这套诗歌译丛名副其实的主编，她遴选文本，联系版权，组织译者，并亲自参与翻译。她对汉译本诗集犹如她在《诗刊》做编辑及主持《当代国际诗坛》的工作一般认真把关。她自己写诗，自己译诗。一篇《译可译，非常译》

的文论是她多年译诗的串串心得，从中你可以感受到她的学养和历练。

3

瓦雷里（Paul Valery）曾言辞雷霆：是波德莱尔将法语从三百年只有散文（essai）而无诗的状态中解救了出来。瓦雷里实际上提出了现代诗歌的标准：将词的创造附着在现代性的个人经验之中。诗不是用念头写出来的，而是用词的节奏来传达表现的（马拉美语）；直至诗人保罗·策兰（Paul Celan）在绝望中写下了《死亡赋格》的绝唱，哲学家阿多诺（T. W. Adorno）竟然能从策兰创造的词语中听到二战集中营“尸体”发出的尖叫声响！阿多诺在提醒诗人，诗不只是到语言为止……

有人言，现代诗歌始于波德莱尔，终于保罗·策兰。如今全球诗界同行大抵在不同的国度、不同的纬度、不同的时空，用不同的语言写着同一种诗歌，他（她）们相互取暖，彼此捧杀，这是当今中外诗人的残酷处境。

现代诗歌，崇尚启蒙运动的语言及语言的节奏，诗人的思想语法不断地制造出一种“政治正确”的趣味。精致和极端是现代诗歌的特质，宛如对自己施暴依旧保持着一种“哀雅”的风姿。精致的尽头，是自恋自虐自慰的欣赏；极端的反面，是枯竭平庸肤浅的释放。诗歌与诗人分裂了，诗歌的“美”与诗人的“德”分离了。

阅读现代诗歌，我们不仅需要保有一份热情和执著，也必须同时保持一份清醒、自觉。因为诗歌作为语言的皇冠，可以藏龙卧虎，但正因为是皇冠，也是藏垢纳污的好地方。

4

在自媒体泛滥的互动时代，AI 机器人也开始写诗了，并且登上了银屏和舞台，诗人的桂冠逐渐被剥夺或取消了，诗人作为一种精神贵族的象征逐渐丧失梳理自己羽毛的能力，诗歌对人的“压迫”或“催眠”也终将被消解。

我曾向诗人萧开愚求问：诗歌死了？他的回答是肯定的。但他，他还在写作……我突然明白，诗歌的“葬礼”还在“进行式”中……出版以“荷马”命名的诗歌，是我们这一代人“怕”和“爱”的坚持，是我们一代人向“诗歌”行一个注目礼。

是为序。

授奖词

安东尼奥·加莫内达，一生致力于诗歌的创作，迄今已六十余年，如今他是被一致高度认可的西班牙语诗人，在当代诗坛，可谓德高望重。在美学传统中，他是一位反潮流的诗人，以作品缔造了严谨且具美学效果的楷模，用生命树立了行为举止的典范。人性从一开始就主宰了他的文学思考，即那些面对时代的瞬间、存在的纯真和持久的迷惘；直面对尊严的挑战和抗拒历史变迁的激情。他歌颂自由，同时也就是歌颂正义和美，将其作为崇高精神不朽的表现形式。如地下之水泉涌而出的他的诗歌，具黑暗中的光明、根和记忆里的痛苦，一生的经验使其具有磁性。加莫内达的诗学是在现实和梦想的平台上，实行纯粹激情的原则、理性的追求，这内化于心的理性赋予外表的感知以意义，迈着时代不可抗拒的步伐，使诗歌作为语言的血肉之躯，进行先锋派的挑战以接近作为“更高光明”之启示的无形的诗歌真理。加莫内达作品无限的价值已不仅在于其特殊性，还在于对前途全部意义的开放，对未来的觉悟和思乡——作为知识分子的挑战，这是对人类精神财富最宝贵的遗产。在他的作品中，在象征的森林、新颖和革新的意象海洋里，共生着爱和激情，人民为幸福权利而进行的斗争，失踪者、母亲和博爱之林的记忆，批判和哲学的思想以及一个世界合唱的声音，这声音将对恶的否定作为自己主要的奋斗目标。加莫内达的作品是诗歌真理的纪念碑般的证词，对痛苦和死亡取得了深刻的根本性胜利，这是一个人用语言留下的遗产，经由它，我们还能看见、听到并感知美，作为另一种存在的诗，用这种美保护世界。

赵四　梅斯特雷执笔

目 录

豁免 II · 目光的激情（1963—1970，2003，选 8 首）

描述谎言（节选）（1975—1976、2003）

碣碑（节选）（1977—1986，2003，2018）

寒冷之书（节选）（1986—1992，1998，2004）

1. 田园诗

2. 雪的看守者

3. 依然

4. 不纯的帕瓦纳舞

5. 星期六

6. 局限之冷

7.

损失在燃烧（节选）（1993—2003，2004）

遗忘来了

愤怒

远在影子后面

无休止清醒

赛希莉娅（2000—2004）

错误的歌（节选）（2012，2013，2016）

安东尼奥·加莫内达：诗学与生平*（代序）

米格尔·卡萨多①

在《描述谎言》里，有这样的句子："你姗姗来迟，如同以温柔为归宿。无人与你相似"；由此可以看出一幅作者的文学自画像：安东尼奥·加莫内达的成名有别于同时代的其他诗人，成名得晚，还有他的良知，即其富饶的孤立，孤独的本性。

对于这部作品的特殊性，还要加上对其缺乏敏感的接受。1977年，《描述谎言》问世时，有两三篇简讯通报了它的价值。但诗歌界装聋作哑，埋头于自己的规格和分类，埋头于自己的名册。1985年，他获得了"卡斯蒂利亚和莱昂文学奖"，可在第二年举行的"卡斯蒂利亚和莱昂首届文学大会"上，大会就在莱昂市举行——加莫内达一直居住在这里，却依然无人提起他，只有维克多·加西亚·德拉孔恰（Víctor García de la Concha）写了几句话，认为《描述谎言》是70年代最好的书籍之一。1987年《时代》出版并获得了国家诗歌奖，这才打破了多年的沉默，加莫内达渐渐浮现出来，成为读者和诗人们——他们热衷于观察已经封圣的楷模——热议的话题。出版和再版，经常出现在国内外的诗歌

---

* 本文是作者为加莫内达诗选《这光辉》（*Esta luz*，1947—2004）所作的跋的前半部分，全文题为《时代的进程》（"El curso de le edad"）。

① 米格尔·卡萨多（Miguel Casado，生于1954年），诗人、文学评论家，曾编选过加莫内达诗歌选集。

节和朗诵会，译介到不同的语言：在如此沉重而又漫长的静默之后，这样的爆发，这根本的变化，尤为令人吃惊。毫无疑问，有点病态，在西班牙诗坛，这种现象不时发生，程度有大小，但屡见不鲜。

直至今日，某些不协调依然存在：加莫内达无可置疑的威信和影响，有时在学术界、在教材中、在所谓经典的列举中，并未得到应有的回应。尽管现在他不再被忽视，但是别忘了其组成部分，孕育其断裂的那些点，因为这是加莫内达诗歌在接受过程中被强加的部分。阅读渐渐地沉淀，既从文本中吸收营养，又为文本提供营养。作者本人这样评论："的确《描述谎言》越来越清晰了。书需要感悟，要经过时间，让人不像在读诗，而是在读小说。"

他说"小说"，然而评论家习惯的是强调诗作的内在联系，强调其自我叙述的积极能量，力图回避文本和经历过的现实之间的联系；但问题不简单，而是丰富多彩。加莫内达本人对此一贯清醒，并力争问题两极的平衡："我的诗歌，虽然优先讲述自我，但当表现一个与内化于心的事件密不可分的篇章时，也有全面意义，我说的是内化于心，而不是内心，它们为我的生命提供了载体和品格；如同所见，婉转的表达并不掩饰在写作自主与其和生活经历不可分割的结合之间难得的平衡。"

诗人在文章和访谈中诸多的声明为这种张力本身提供了营养，为天平的一个或另一个小盘添加砝码，在一个或另一个意义上寻找例证。现在，无需激化这如同文学批评和文学理论一样古老的争论，但是在介绍作品时，好像的确有必要介绍一下他的简历。不是为了介绍而介绍，而是因为这些诗作，当他们植根于其中时，当将其扩展到其他领域和其他形式时，就会提出问题。尤其是当整个一生的写作汇聚在一卷书中并将其作为一个整体来阅读。

安东尼奥·加莫内达生于 1931 年。第二年父亲去世，很快于 1934 年，母亲带着他迁居莱昂。双亲的形象贯穿他的诗歌：父亲，也叫安东尼奥，也是诗人（于 1919 年出版了唯一的一本书《另一生更崇高》，属现代主义体系），如同一种潜伏的虚无，沉寂而有张力；母亲，从第一个到最后一个文本，她的形象一直出现，是其创作过程中情感和知识的基本核心。

在莱昂，母子俩生活在郊外工人区，城乡结合部，经济拮据，在内战和战后期间，是血腥镇压的最近的见证人。1941 年，加莫内达开始在一所宗教学校接受免费教育，至 1943 年辍学。1945 年，作为勤杂工，进入一家银行办公室，在不同岗位上任职，达 24 年之久。当时与他同龄的诗人们，其典型特征是有资产阶级经济条件和大学学历，他这种工人出身——不仅是工作方面，而且也在觉悟方面——对其人格和文学成长似乎具有决定性的意义。

在这五六十年间，加莫内达在工作和生活中，付出了双倍的努力。此外，他和玛丽娅·安赫莱斯·兰萨（María Ángeles Lanza）结了婚，后来有三个女儿。一方面，自学文化和文学，而且从青少年时期，就开始了紧张的写作。另一方面，他和一伙朋友组成了反法西斯组织，后因“失踪者”

（因自杀、精神失常或堕落而“失踪”）而解散。有时，作者将他在《卡斯蒂利亚的布鲁斯民歌》和《描述谎言》之间的沉默（大约在 1967 和 1975 年间）同他献身于抵抗活动以及那人格流失、价值崩溃的艰难时代联系起来。

他不属于莱昂的哪一家杂志，但与它们合作，《钟楼》（*Espadaña*）由一些比他年长的诗人组成，而《天窗》（*Claraboya*）是另一些更年青的诗人们发起的。1969 年，他开始在省议会工作，负责开展文化服务；创建并主持省籍丛书，这是他最辉煌的时代，还推动创办过颇负盛名的展览；但是八年以后，一场司法判决裁定没有一定学术头衔不能担任其职务，使他不得不放弃这项工作。后来，在能源领域成立自由教育组织——希耶拉—潘布莱伊基金会，他任经理，致力于教育农民和工人。

此外，他的作品的接受过程以及已经评论过的自 1987 年以来的变化，显然也是其生平的组成部分。

除了上述细节，传记内容贯穿加莫内达的作品，就像地下暗流，不停地为其提供营养，创造不同层次并在诗作之间延伸线索，好像回声和启示、扰乱和光彩的奇妙体系在发挥作用。使文本的自主和自传的引述之间的基本张力经常保持活跃。因此，诗人坚持使用动词“看见”，广泛罗列“目睹”之事，赋予词语一种“纪录”的品格，揭示一种“证人”刚正不阿的意志：“我看见郊区的月桂树，在洗衣盆的纯洁上，母亲们屈膝在水上”（《碣碑》），“大丽菊和绣球在城墙上，濒临死亡的衣裳在苗条女子们光顾的晒台上”（《碣碑》）。但也会出现这样的语句："现实在这样的嘴唇上逃逸，它们只在无形的形式上是内行"（《描述谎言》），这提前了其诗学理念中的一种方式，某些幽幻的过程趋向于占据真实的地点及其记忆。在这些张力——无形力量的记录与增长，写作的经验和自足——的交汇中，必须给读者以自由并提醒某些在今天看来（通过心理分析和解构）是显而易见的事情：一切联系，一切逻辑——用德里达的话说——都不能缩小为概念和语义的桎梏，在"想-说"限定的语境中规定联系和逻辑。诗人的"想-说"并不意味控制，诗作总是比作者知道得多：阅读的享受显然在很大程度上就是这样形成的。

加莫内达不是刻意编造故事，即便是他宣布要这样做的时候；事件散落在情感中，在其语境孤立的细节中，是从前传来的回声。目光注视着一个将其吸收、令其痴迷的核心，以一种向心的方式将其引向诗人所谓的"内化"。只讲述"内化"——稀少，沸腾——的事件，它们奉献顽强的复发、变形和坚持。碎片通过书本散开，最终，在诗人的回忆中，探究变成不约而同的对作品的重读。这是自传体特有的运气：不是叙事也不是直接的议论；然而是不停地编织意象和关注的核心，化作象征的元素和突出的形象和人物。这是一种简约而又反复的动力，意味深长地集中，谁若只读几首诗或一本书，或许发现不了，因为必须要完整地阅读。

因此，以前出现过的意象又突然出现了，人们联系和想象的不仅是一个故事，而且还有略去的故事周围的情景。在《卡斯蒂利亚的布鲁斯民歌》中，当重建一个和母亲的对话并说："有个人没和我们在一起/ 你像他的衣服一样沉寂"，这是把《描述谎言》结尾的回声提前了："在你丢弃的半敞开的上衣上，就是说，在描述你消失的形式上"，人们可以判断——或许指的还是那个人正在展开的形象——是同一个精力充沛的典型，被缺席投射出来。因此，我们认为下面的情况是相同的范畴：在《目光的激情》中，被称作"可怕的衣柜"，很久以后，当它在《损失在燃烧》中再现时，母亲已经不在了，"影子的衣柜"占据了好几首诗的核心。例证几乎和意象或场景一样多。贯穿献给童年记忆的《碣碑》页面的卖草者预告了《毒素之书》或《搬迁》中普林尼和狄奥斯科里德斯①的植物学热。河边的金合欢，在莱昂农村的河岸，在受迫害的岁月里，那里发生过对一些溺水青年的抢救，在树阴下有过围绕意识形态冲突的思考，朋友们的沙龙，其间为安东尼奥·冈萨莱斯·德·拉玛（Antonio González de Lama）命名，老人停滞的时间。在《寒冷之书》里，当看到一个名叫《雪的看守者》的形象时，我们立刻会想起《描述谎言》的漫长系列，诗人在其中和他对话，他已是"失踪者"之一了。不了解诗人生平，这一切均可阅读；但是，一旦读过了，不了解就读不下去了：他的回忆就成了阅读的精髓。

因此，《损失在燃烧》最后的文本之一以总结的口吻喊出"这是我的陈述，这是我的作品"就不足为奇了：两个词之间的认同缔造了全部，作品和生命的流程合二为一。并非

① 《搬迁》是加莫内达对以前发表过的作品的修订或重写，其中涉及拉丁语作家普林尼（Plinio）和古希腊医生、药理学家狄奥斯科里德斯（Dioscórides）。

一个是另一个的素材，而是如同唯一：写作就是生活。因此，思考加莫内达的诗学就包含着探讨这层关系。

在《静止的暴动》的开篇，在一首关于眼睛的诗中，有加莫内达诗学基本直观的形式："眼中痛苦的声音/ 化作听不见的/ 如此纯洁的音乐"；痛苦作为音乐的素材，扎根于痛苦，获得美的力量。尽管诗人的演变将把这"眼中"如此容易察觉的新柏拉图主义成分置于脑后，其观点却一直存在："诗歌发布的经验强化了我的生命，我将这强化作为快乐的形式来保持。这强化和快乐是独立的，与意义无关：建立在痛苦基础上的诗歌也能产生快乐"（见《象征的载体》）。于是，一种诗学，由于美学之根的驱动而产生，其无法摆脱的核心是死亡。

这个宗旨从始至终贯穿着加莫内达的文本，表现为各种不同的倾向。只有在《静止的暴动》中坚持的辩论和公开的冲突，作为一个极端战胜另一个极端的斗争："我想要/ 告别快乐的声响；/ 或许发出耻辱的响声。/ 在痛苦中为自己辩护"。与此相反："时间的数量/ 相当于/ 同等数量的声响。/ 它们能够/ 超越死亡"①；《这光辉》中收录的这些诗句的版本，在重写时去掉了理想主义的唯意志论，不过，还有照亮青年诗人内心斗争的品质：有时他选择痛苦和死亡的挑战，有时又发现艺术在扩散中能将其克服。

---

① 这里引的是最初的版本，后来改作：时间的数量/ 相当同等数量的声响。/我倾听，在死亡/后面的远方。

加莫内达很快意识到作为一个整体的双重根源："像快乐的百舌鸟一样讲话，/而整个树林都敞开了果实，/泉水流淌在我心里。但是在哭泣。"(《目光的激情》)他以此采取了自己的途径，拒绝了时代提供的抉择："你追随美的飞翔(耶罗[1]写道)，难道/从未想过死神如何在夜间巡游"，塞拉亚[2]补充说："我相信大写之美是一尊形而上的偶像"。对加莫内达而言，美和死亡一起出现，其结合是作品的证明；他的诗学镌刻在浪漫主义"高尚"的足迹上，后者颠覆了美的传统档次，为其在更粗犷的地方开辟了新的维度。这种见解，通过疾病和衰老的体验，在似乎只投射向死亡的无法摆脱的等待中，会出现这样的诗篇："进入你的身体，你的疲劳充满花瓣。幸福的畜牲在你身上跳动：深渊边上的音乐之声。/挣扎和平静。你依然感到香水般的生命"(《寒冷之书》)；就这样，渐渐地将结晶为一种定义对立统一的新方式："无望的快乐"。

果然，"身体"成了这些运动的交叉与会合之地。在《碣碑》的一首诗中，对一些舞者做了这样的呼吁："你们听从无形的老者们，他们的歌声经过你们的舌头"：通过舌头可能是在身体上承认一种传统的方式——将继承的音乐变成自己身体的实质，让它们在体内循环，意味着将其精力和现实的能量还给它们。身体不会缩小为发声的机械手段，而

---

① 何塞·耶罗(José Hierro，1922—2002)，西班牙著名诗人，1999年获塞万提斯文学奖。

② 加布里埃尔·塞拉亚(Gobriel Celaya，1911—1991)，西班牙二十世纪五十年代社会诗歌最具代表性的诗人之一。

是——以建议的方式，比如巴赫——用舌说话之人，在自我表述时，将语言和身体的材料融为一体：“语言是恶毒的，可它是我身体的脂肪”(《描述谎言》)。真正的沟通都要遵循这个标准：“我的话语可能会穿越你的双唇，慢慢进入你的存在；非人们所说之事而是话语本身，其温暖的呼出宛似爱情”(《描述谎言》)：话语本身获得了爱情的、身体的力量，进入另一个人的身体并与其融合。

但是“进入”这个词，话语的这个私密的物质性，当诗人自我感觉像个物体时，同样能体会到。当人们庆祝他在经历了一段漫长而又可怕的沉寂之后回归写作时，《描述谎言》的前几页是广为人知的；但是，当他的情况发展时，这创新的写作好像来自某个渺茫的域外人：“一张张面孔到来”，“判决上升到我的耳中”。诸多意象勾勒一种占有，有时候会滑向性欲：“我的勇气显示在那些音节里，你和那些面孔的行为像野生的颗粒，/像兴奋的精子进入到声音的蜡烛”。这样的占有并未像传统那样，在被激起灵感的形象上实现：没有刺激诗人，没有提高他，没有赋予他优越的似乎不是他的声音；更确切地说，这是身体保存的一种满足，是人们的身体无法抗拒的要求，它属于需要的范畴。外，就是内；那栖息心中如此深的、只有在和良知与意志障碍的冲突中才会表现出来的东西：一方面，世界似乎只存在于眼睛后面；另一方面，那心中混沌的动力就像神经错乱，自我放逐，不可能经受抗拒。这是我们在张力螺旋中将要途经的另一种转换。

无论加莫内达还是评论界，在谈到他的语言时，都用“象征”这个词，大同小异：“在诗中——他说——我运用承载象征意义的词语，但这是只有一个成员的象征主义：象征，在其本性中，就是其所象征之物。换句话说，就是其本身的象征（《象征的载体》）。这形式的变化间接地流露出一种对概念的不适，因为就严格意义而言，这种结局似乎是不可能的。因此，有必要回顾一下在加莫内达的意象中，占主导地位的机制是如何运作的，以使其本性更加明确。

此外，因为加莫内达表示过对象征主义传统模式的拒绝。因此，在其最后的一本书《赛希莉娅》中，他借这个同名女孩的天真，发现世界和语言，以坚持这样的做法：“你会回来/ 当樱桃诞生而雌斑鸠惊醒。/ 你在光辉的谎言中描绘了世界。// 我看见雌斑鸠的双眼被愤怒点燃，/ 我知道月桂栖息在氯氰酸中 / 它的果实会使鸟儿的心停止跳动”：陈旧的象征主义骗人，因为与真实无关。加莫内达对借代方法的偏爱植根于这种彻底的“现实主义”。按照托多洛夫（Todorov）和迪克罗特（Ducrot）的语言学词典，“借代”在于“用一个词语来表示一个物体或一种属性，后者出现在和这个词语的习惯性指涉存在的关联中”。面对“相近”或“语段联系”的习惯性引用，“存在的关联”这个词组引人注意：将借代的根源置于生活的流程。正如加莫内达在为自己的意象作总结时所说：“这些是我的眼睛的痕迹，我的灵魂的内容。”的确，借代的本质就是“痕迹”的本质。

按照这个逻辑，加莫内达写作的基本态势在于孤立特定场景中的某一成分，然后用它来表示整个场景，而从不重建完整的场景；这个孤立同时又是绝对的成分，会运动，变化，变形，接受黏附，有时交换景况，通过整个进程，投射一个有意义的核心人物，初始场景永久的债权人。场景固定在记忆中，但是意义不停地沸腾，转移："象征"不会变成密码，也不会中止其出生的印记。遵循对加莫内达作品熟悉的进程，读者会感悟这些线索，建立它们之间的联系，冒险加入其中；然而，最后的一点剩余，属于私密，在诗的底部而不可得，却能保障其鲜活诗歌的存续。

那词语或意象，以某种方式，包裹着名副其实的火炭，它渐渐化作象征，在很少的响声中，聚集成——有时像咒语——纷繁复杂的内心体验，变成公开而又深不可测的"表达"；在这种语言现象的光辉下，伊尔德丰索·罗德里格斯①联想到加莫内达诗歌中的表现主义。不过，从联想的结果看，似乎很难局限于一种评价，因为这些形式的线索是很多的，它们延伸在修辞学、文学史、意识形态以及思想的各个方面。因此，在《描述谎言》中可以读到："在完美的叙述中有征兆"，书中散布着叙述的微粒，字面含义迷人，会产生隐喻朦胧的张力。要么句子在意象的铿锵有力和感觉密度之间断裂，平衡并对立在强调而又严肃的语调中，这语调引导它们宛似统一的整体。

从作品的整体考虑，似乎语言的完整性不仅取决于语调，而是更加深刻，在于根源。随着岁月的增长，从《描述

---

① 伊尔德丰索·罗德里格斯（Ildefonso Rodríguez），是莱昂市的一位诗人和音乐人，加莫内达的朋友，生于1952年，著有《和安东尼奥·加莫内达的一次谈话》。

谎言》极强的表现力渐渐过渡到《寒冷之书》或《损失在燃烧》的微小片断；但是语言在其本质和根源、结构和意志上依然如故。和让－伊夫·贝利乌①的看法巧合的是这统一体的精髓是语言的神话功能，是将话语升华到神秘水准的作品。请看《碣碑》中一个市场的画面："再过去，昏暗中的清新，大刀开始飞翔：脂肪和光芒在淌血的柜台上。蓝色的尸体是美丽的。我们听着铁器的声响并闻着镜子之间干鱼的咸味"：在毫无疑问的强调和奇异的肃穆旁边，人们认识这场景以及对其进行分析的借代技巧；死亡的味道充满感官的知觉，并在记忆临时的培植中发酵，宛似崇高的物质化回归，宛似神话，私密与生命的本质，既无理智又无意志，在其中同时表现出来。

此刻在这种假设中停止是不可能的，因为要如此，或许要汇集《这光辉》中围绕"重要性"的一切：集体演说中音乐的响亮，游行队伍和仪式的迷人，宗教的醒悟，异教神圣的、周期性的显现，在死亡门口的辩论，形而上面对无形之物顽强果断的最新否定……语言的神秘加工离不开在阅读中往往不易察觉的压力场。但是，无论如何，有必要将个人神话和记忆扭在一起。在话语下面（同样，在每一次同样的目光下）一种记忆的本源在循环，宛若凝结在闪电中，它们在染色，在改变颜色、光的比例和透视，使感觉总是超出其具体的场景。这是隐居在每句话中的"无形的形式"，如同失

① 让-伊夫·贝利乌（Jean-Yves Bériou，生于1948年），法国文学批评家，著有《意象的眩晕，眩晕的意象》，本文作者是其作品的西班牙文译者。

踪者们，“损失”，目前时刻神奇地隐居；于是，语言从外面讲述，从另一个时间、另一个世界，对缺席的对话者讲述，重构一个时代和一个空间，一种陪伴，不可饶恕地被消灭，像现实的背景一样归来：“一阵农夫和母亲们的旋风说着果园的语言，露水压仓的话语……”

我们用难以察觉的方式，重新导致了写作和生活的统一；似乎是强制性地探讨加莫内达。包括有些从表面上看如此脱离生活的东西，就像读者们为了进入这个世界所遇到的困难，那种渐渐地（坚持时）溶解，又深入同一根源中的“深奥”。在《寒冷之书》里，有对一尊泥塑的观察，它刻画的诗人的面孔不可避免地导致了关于一致性的问题，我们读到：“你的名字和你的面孔是无法辨认的；你或许不存在，然而，你却到了老年，并做了不纯洁的表情，同样是不可辨认的。”同一个判断——不可辨认，不可理解——在作品的其他地方重复：书写，同样，为了提问，为了力争理解，做着和读者平行的努力，面对强制出现的素材，这素材溢于情感，不会退让，除了重复，除了挥之不去的回归，不显示别的清晰。诗人找到了个人神话的形式，用它们包围了缔造的核心，持之以恒，使我们成了那缓慢流失、破裂成碎片、像儿时的闪电一样转瞬即逝的认知的见证人。

2004 年 6 月，于托莱多

大地和唇

(1947—1953 , 2003，选 12 首)

我将畅饮你的秀发

我将畅饮你的秀发
并闭上眼睛。

你的秀发
会沾满亲吻
并继续茂密地滋生。

① 凡原诗无标题的，取第一行作标题，下同。

夜晚的劲风

夜晚的劲风
缓慢地吹进麦地。

你的手放在我手上
这是咱们的订婚礼。

我的忧伤和你的眼睛
二者的颜色相同；

我黝黑的面包如同你的肌体，
因此，我接受了你。

从我的口到你的面颊

从我的口到你的面颊
有许多苦涩的路径。
你乳房的赤裸将灰烬
放置在我的手中。

难道在你的目光和我的声音
当中，有亡灵在抖动。

我的泪水溶入光明

我的泪水溶入光明。

看着自己的爱人：她是
一只赤裸的小鸟，又黑又冷。

如同脊背上的一座山坡

如同脊背上的一座山坡
或者我脸上一把寒冷的刀，请你们给我。
请给我夜晚，没有百灵，
没有眼睑，没有树叶，没有响声。

我触摸到爱情：宛若一个乳房或一声
咩咩的羊叫在我的双手间颤动。

将你们的喜爱之物给我；给我一粒石头，
一个阴影，一颗解体的星星。

倘若一棵巨大的玫瑰在我胸中爆炸

倘若一棵巨大的玫瑰在我胸中爆炸
当黄昏降临，在我的双唇开花，
你会不会让我搅动夜色——因为你
居住在那里——用我渴望的双手，
用失眠的骏马，它们驰骋在我的额头上，
你会不会将玫瑰放在我夜晚的肩膀？

倘若火的枝条萌发在我的舌头上，
你会不会像夜间的风一样
——那夜晚在你的声音和你的家
它会不会在赤裸的脊背上和你说话？

我血液的女王，苦涩的意志

我血液的女王，苦涩的意志，
被影子王国击败的青春，
在我大海似的怀中涌动。不停地
像大海一样，呼叫我的姓名。

你的身体在我身上终结。眼中
栖息着朦胧的话语。赤裸在我怀里。

夜幕降临。那是我，在你的秀发
和哭泣中失去自身的时刻。

她穿过了寂静

她穿过了寂静；
双唇凝结着母亲的光辉
发现了百合与阴影的路径。

她来自夜晚。穿过寂静。
在无形的枝条后面，
不在乎血的声息，他在那里。

不告诉我们：什么哭泣，什么话语，
什么风；在什么日子，什么雪，什么
遥远的山峦，从死者中穿过。

无人向我展示一滴眼泪

无人向我展示一滴眼泪；
我没感觉到阳光淌血的夜莺
在我的喉咙颤动。

我曾说：“来吧，上帝，来我的双唇，
来我的双眼，来我的渴望。”
而上帝，一向不声不响。

让光芒离开你的视线

让光芒离开你的视线。
善良的天使在沉沦。
云朵和巢的意志
是黎明的灰烬。

让光线离开，苍天
降落的时刻已经来临，
下面是恋爱的大地，
请咧开你燃烧的双唇。

大地在下面，爱情缓慢的船只
沿着金属的音色，死者们在游荡
而没有哭泣：他们在沿着地面歌唱。

那是上帝之口。在荒漠
古老的激情中，在下面，震动，
呼喊，热情，为了你的生命。

这里曾有爱情

这里曾有爱情，爱恋的血液
那不纯的花儿开放，
然而最失望的血液
没有燃烧你的深邃的火光。

你像天使般走了；像痛苦
昏暗的青春；像苦涩
和风的剑，被柔情的
渴望和利刃战胜。

黑夜在你身上、在你的岸上结束，
钟情之水和被啃噬的激情，
我真实的口，在你口中。

唯一的原因是死去，歌唱
我赤裸而又扭曲的话语：
似拳头，向你，举起。

一个男人独自漫步田野

那是一个男人。独自漫步田野。
倾听自己的心，如何跳动，
突然，停下来
在地上痛哭失声。

痛苦的青春。春天
碧绿而又苦涩的活力在漫延。

他走向夕阳。一只悲伤的鸟
在黑色的树枝间歌唱。

他几乎不再哭泣。在体会
舌尖上那死亡的滋味。

静止的暴动

（1953—1959，2003，选12首）

火的坚固

火的坚固
被哭泣围住。

相爱首先在眼睛：
它们在生命中
点燃自己的光芒
使人聚集并相互观望。

然而光芒
是致命的起因。
我的心因为被透明所伤
才在美中隐藏。

宛似温柔的闪电

宛似温柔的闪电，
沐浴着光明的笑容。
火光耀眼的线桄，
鲜活的金，雪的鸟，
你总是离去，留下
金色的神态，放声大笑，
总是飞快地逃。

宇宙在旋转，而我们
在等待死神。

蓝色之美
去了，穿越远方。

潜逃之光的产物
顷刻间
降临我的脸庞，
将你的身躯置于我的双唇上。

雪的下面

雪的下面
头脑在思考。

洞穴里
燃烧鲜活，
我看见从那里出来一尊神
浑身布满预言的龌龊。

他用双手
将纯洁撕破。
然后进入我的心窝。

我听见冬天盲目的夜莺。
吹响哨声。在昏暗
枝条间创造光明。

炽热与废墟*

I

我祈求
白雪下面或许存在之
最神圣的智商。

我蓝色的心
为寂静纯洁地歌唱。

II

纯粹的汪达尔人①，
将我鞭打。你若发言，
我会让自己的双唇
下到野蛮的水面。

洞穴里

---

* 这 5 首短诗最早出现在 1987 年出版的《时代》诗集中，后曾收入不同的诗选，作者也做过多次修改，但在 2004 年出版的《这光辉》的正文中却未出现，但为该书作跋的米格尔·卡萨多把它放在了书后的附录中。译者根据诗人的建议，置于此。

① 汪达尔人属日耳曼民族，公元四至五世纪进入西班牙、北非等地并曾攻占罗马，泛指破坏文化者。

焚烧清爽，

那里会出现

一位预言污秽的国王。

茫茫黑暗中

你看到的心灵啊，

我们几时会在阳光下

失明，火的居民啊，

你几时会道出心声。

III

一条神奇的犬

在我的心中用餐。

野蛮的典礼：

我的痛苦和爱犬

沆瀣一气。

IV

在你熟悉的腔洞里，

有一个声音。寒冷的语言，

你，在夜里吹着口哨，

话语生动的音色，

请你告诉我，冬天

疯狂的夜莺，你，

或许分享了一种光辉的材料，
请告诉我，除了向死神
还向谁做了预告。

V

反抗爱情的歌，
谁会将你畅饮，谁
会将口置于
这遭禁止的泡沫。
谁，哪位神仙，
什么发疯的翅膀
为了爱
会来这个地方。

此处空荡荡。

沉浸在渴望和阴影

沉浸在渴望和阴影
炽热的手臂
将我向白雪推动。

向静止的水
攀升，攀升
向寒冷和光明。

但是渴
从火中诞生，

而光
是虚无的阴影。

美

美
不带来甜蜜的梦幻；
在闪电的原料中
传播冰冷蓝色的失眠。

在强烈的石灰，
在燃烧的铜版，
它不停地旋转；
完美得令人眼花缭乱。

美
不是胆小鬼
停留的地方。

我愿自己的思想
沐浴它的光芒。
我愿在自由中死亡。

倘若有人给我

倘若有人给我
突然一击，给我
一个自由的刀伤，
纯粹的呐喊
会充满阳光
和红色破碎的心脏。

啊，空间有着
火的枝条，红色
而又飞快的雨水，
飘带的阴影，愤怒的皮鞭。

现在我懂了
增长的年龄，
痛苦的河流具有野性：

我的心在向
焦虑的顶峰攀登。

室内乐（二选一）

倘若音乐能在眼睛上
诞生，将是在你的眼睛。
时间会以紧张的黑暗
和缓慢的尘世发出响声。

你将光明融入渴望的水晶
用紧张、爱情和寒冷的阴影。
依然是一片寂静，
声音没有运动。

但一道闪电袭来；美
与强大，纠集在你的眼睛。
寒冷的阴影化作火。

美与渴望统统赤裸。
音乐晶莹地升华。
啊，爱的响声，让我失明。

时间的数量

时间的数量
相当同等数量的声响。
我倾听，在死亡
后面的远方。

从寂静的井
传出音乐之声；
那是空气
在火的耳膜上耕种

并进入我心中。此时
我的思想化作音乐之声。

在我面前

在我面前，
受伤的石头，一个个躯体
硬化在痛苦里。

活生生的石头，请融化在
我的眼睛，给我
你的牢固，赋予我
小小的永恒。

（《罗马定音鼓》[①]）
（*Tímpano románico*）

---

① 译者曾向诗人咨询，这样附在诗后的词语有何用意，诗人回答说："这是我随意加上去的，直译即可。"

一只平静的鸟儿

一只平静的鸟儿，
受自己歌声的鼓动，
沉思着挺立。

突然，
鸟儿已消失：雨水，
生动的水晶，
向上增长。
有人
伸出自己寂静的手，

有人说再见
说再见，却无言。

（《献给孩子们》，贝拉·巴托克）
（*For Children*），Bela Bartok

黑暗的果实

黑暗的果实，

我看见一个女人。赤裸，

肮脏又赤裸，鲜红，

和希望不同。

突然，在空中

有一种鸽子的表情：

在音乐笼罩下

她的双肩在颤动。

高大，金黄，沐浴着

光明，头脑在活动，

思考世界，

寻觅我的眼睛。

（毕加索，《两名相拥的裸女》）

（*Deux femmes nues enlaces*，Picasso）

豁免 I
（1959—1960，2003，2018，选 2 首）

你的双手实实在在

你的双手实实在在。

有一天，世界陷入沉静；
树木，在上面，深邃
而又庄重，我们在表皮下
感到大地的运动。

你的双手在我手中多么温柔
我感到你活在我心中
感到引力和光明。

在树木下面，一切都是真的，
一切都不是虚晃。我了解万物
就像人们用嘴巴了解水果，
用眼睛了解光亮。

二月的一天，早晨八点

二月的一天，早晨八点
夜色依然。

车厢里还没有光线
只有呼吸和黑暗。

我们看不清对方的脸
但能感到寂静和陪伴。

站台上突然响起铃声。
哨音的残酷令我们惊恐。
一个个身影在颤抖。一切
又回到一种古老的感情。

只见惨淡发黄的灯光
我们走出了黑暗
仿佛脱离梦乡：
活着，但跌跌撞撞。

列车上，都是老年农民
和青年矿工。有某种

陌生的东西，在这个地方。
如果我们知道是什么：一些人
会感到羞耻，另一些人会感到希望。

现在我们彼此打量
好像都改变了模样：
或许我们会喜爱这一个，
而从未喜爱原来那个长相。

然而，或许是灯光
使我们成了朋友。

在这列火车中，坐满了
年迈的农民和年轻的矿工。

有一种东西，胜过血液和友谊
使他们团结在一起。

这是灵魂和躯体。

伟大而又痛苦的东西。

但是天亮了。
现在已可以看清冰冻下
昏暗的土地。

二月的土地多么美丽。
我们看见昏暗中的山丘，
和山丘同一颜色的橡树，
被埋在霜下的老树叶，
山梁上是劳作的土地：
被严寒冻结的每一条垄沟
犹如穷苦人的抵抗力。

黝黑笔直的山杨
使河两岸一片沉寂，
附近，村庄的下方，
河水流出蓝色并充满孤独。

村庄穿插着卑微的声响
——帕达维，帕德隆，马图埃卡——
房屋骑着悲惨的墙壁
坐落在菜园的空地上；
只见寂静的街道，
紧闭的大门和无声的教堂。
这是一个村庄；建筑
在耐心和土地上。

当我走下火车，在如此
真实的氛围里，感到寒意，
无需思考，我已懂得了许多事理。

比如我懂了
西班牙的美丽。

西班牙也是一片土地，
但仅仅是土地还不算国家；
国家是土地外加人民。
仅仅是国家还算不上祖国，
朋友们，祖国是国家外加正义。

（马塔亚纳铁路[①]）

① 有的版本将其作为该诗的标题。

卡斯蒂利亚的布鲁斯民歌

（1961—1966，2004，选 10 首）

二十年后

十四岁时，

人们让我工作到很晚。

回家时，母亲

用双手捧着我的脸。

我是个小伙子，热爱太阳和土地

热爱同志们在灌木丛中的呼喊

热爱夜间的篝火

热爱一切事物，只要能带来

友谊和健康，只要能使心灵成长。

在冬季，清晨五点，

母亲走到我的床边

将我的名字呼唤

直至将我唤醒

一直抚摸着我的脸。

我来到街上，天还没亮

我的眼睛好像已被冻僵。

这不公平，尽管走在街上

听着自己的脚步声
感受人们安睡的夜色
理解他们像同一个生灵
仿佛在同一个生存中休息
大家做着同一个梦，
多么美好的事情。

我开始工作。
办公室
气味难闻，令人痛心。
然后
来了几个女人。
她们
开始默默地清扫灰尘。

二十年了。
我已
被忘记并嘲弄。
已经不理解夜晚
不理解草原上小伙子们的歌声。
然而，我知道
有个比我更重大更现实的事情
在我骨子里，在我心中：

永不疲倦的土地，

请签署

你懂得的和平。

将生存的权利

赋予

我们

自己。

丑恶的记忆

羞耻是一种革命的情感。

——卡尔·马克思

在我心中悬着
一条狗的眼睛，下面，
还有农民母亲的书信一封。

十二岁的时候，
有些日子的晚上，
我们将一条狗牵到地下室
它又小又脏。

我们用绳索捆绑，
然后用铁棍和木棒。
(就是这样，就是这样。
它呻吟着，爬着乞求，尿了一地，
为了打它方便，我们将它吊起)。

那条狗和我们
去了丘陵和草地。
它跑得飞快并对我们充满爱意。

在我十五岁的年纪，
不知为何，
一封士兵的家书到了我手里。

他母亲写给他的。我记不清了：
“你几时来？你妹妹不和我说话。
我无法给你寄钱了……”

在信封里，五张邮票和给儿子
卷烟用的纸，都有折痕。
“你的爱你的母亲。”

我记不清
那位士兵母亲的姓名。

那封信没有到达目的地：
我将那士兵的卷烟纸窃取
并破坏了那些
说出他母亲姓名的话语。

我的羞耻和我的身体一样大，
可即便像大地那么大
也无法返回并去掉犬腹上
绳索的痕迹并将
那封士兵的书信寄到目的地。

我落在一双手上

当我还不知道
自己生活在一双手上
它们在抚摸我的脸和我的心房。

我感到夜晚
像寂静的乳汁一样温柔，高尚，
远比我的生命更高尚。
母亲：
那是你的双手与夜晚之合。
因此那黑暗爱我。
这我不记得但它和我在一起。
在忘却中，我越是存在，
那双手和夜晚越是在那里。
有时候，
当我的头悬在大地
我已无能为力
而世界一片空虚，有时，
遗忘还会升到心上。

我跪倒
在你的双手呼吸。

我下来

你将我的脸藏起；

我渺小；你的双手伟大；

而夜晚又一次，又一次到来。

作为男子汉

我休息了，理所应该。

地质学

有时候我走向山区
眺望远方

我踏上一些山梁，古老的土地
阳光下变得漂亮，我看见
阴影沿斜坡而上。
我走了很久
不声不响。
然而有的日子，我沿着这些山脊行走
并向山区眺望，
自由在那里也是踪迹渺茫。

我回来了。我清楚地知道
寻找自由如同寻找丢失的钥匙，
也知道如同观察内心
同样都无济于事。

主人谣

我为主人工作
近十九年。
十九年来吃他的饭
却没见过他的面。

十九年未见主人的面
只看见自己，一天又一天
渐渐地我晓得了
主人有怎样的容颜。

快十九年了
我离开家门，天气严寒
然后进了他家
他将黄色的灯光放在我的头上面
一整天都在写十六
和一千零二，实在不能写了
然后出来，已是夜晚
回到家里，简直是苟延残喘。

见到主人时，我要问他
何谓十六和一千

为何将黄色的灯光放在我的头上面。

当有一天我站在主人面前，
我将看见他的脸，我将往他的脸上看
直至抹去他的也抹去我的脸。

楼梯谣

从楼梯上来一个女人
提着锅，锅里盛满艰辛。
从楼梯上来的女人
提着锅，锅里盛满艰辛。

我在楼梯上遇见一个女人
她在我面前低下眼睛。
我与那提着锅的女人相逢。

楼梯上我再也无法平静。

傍晚聚会

我走进家门脱了大衣
好让朋友们看不出
我多么寒冷，可他们
说道：“来吧，进厨房。”
母亲早为我点燃了炉灶。

我的节日从来没有
那天那么平静：
木板上的葡萄酒；
孩子们的目光；
话语；火的光芒。

当夜幕降临，母亲
从水中抽出双手
在疲惫的脸上
将散乱的头发分开。
我看见那张面孔。
疲惫的面孔：爱
和笑容。

爱

我爱你的方式很简单：

将你搂得紧紧地

好像在我的心中有一点正义

我要用身体将它献给你。

当我翻弄你的秀发

手中便形成一种美丽。

我几乎不会别的。只是渴望

平静地和你在一起，平静地

和一种陌生的义务在一起

它不时将我的心压抑。

在你身上

我不会为了让你在我的爱的力量下失身而进入你；

我不进入，为了我不会在你和我的存在中失去自己；

我爱你并进入你的心

为了和你的本性生活在一起

也为了让你扩展在我心里。

无论你和我。无论我和你，

也无论你的秀发散开，尽管我十分得意。

我只要这黑暗中的伴侣。

请飘撒

你的秀发，

请将你的秀发飘撒。

水的感觉

今天傍晚我坐在河边
很长时间，可能很长时间，
直至我的双眼漂在水面
我的皮肤像河的皮肤一样清鲜。

当夜幕降临，已看不见水
但能感到它降落在黑暗。
我只听那黑夜中的响声；
只有那水的声音在耳中。
多少人类，多么辽阔的大地，
这夜晚的声音却足以充满我的心际。

我不知是否背叛了自己的朋友：
坛子里盛满了昏暗而又甜蜜的水，
可红色、古老泥巴的坛子在遭罪。

有人同情这坛子。
有人理解这坛子和水。
有人为了爱将自己的坛子打碎。

无论如何，我并非
为了自己畅饮而打水。

豁免Ⅱ·目光的激情

（1963—1970，2003，选 8 首）

我活着，没有父亲也没有同类

我活着，没有父亲也没有同类；
我沉默，因为在声音盲目的坟墓里
找不到那些
像古老果实的，亚当的，圆满
奉献的话语。健康
结实的肌体在失去；只剩下足迹：
碎片，孤独，雕像，土地。

在红色的森林里，水从来

在红色的森林里，水从来
不放射光芒，在黑暗的枝头
连鸟儿也不搅动浓密
然后，在蓝色中缓缓向上
歌声将它撑着并使它平和；
黑暗中，人们在呼吸
并忘却了自己，却觉得
牧人赤裸的双脚，
雨水使树叶变暗，使木材
清爽，使地衣芳香，不让
这里的黑夜在漫长的温柔中
过去：舔着渴望的
洞穴，在谨慎的树枝间流淌。
黑夜总是过去但白昼从不这样，
就连可爱的脸庞也是如此
想要下来直至草丛，将自己
隐藏在森林的寂静；无人，
哪怕是新婚的蜜蜂
那金黄的嗡嗡的颤动；造化
只倾听隐蔽的心灵
孤独地跳动，但是在哭泣中。

是它，食物和忘却

是它，食物和忘却；

青春之水；凌驾于

所有的部门。一位古老的神

在我的血液中打开他的血管

并流淌直至疲惫我的心。

平静的汁液在我的口中沸腾；

我用舌抓住了秘密，

但不如说它抓住了我。平静的枝条

将葡萄汁滴下我的双唇。

它盗窃了我骨骼的死亡。

像快乐的百舌鸟一样讲话，

而整个树林都敞开了果实，

泉水流淌在我心里。但是在哭泣。

沉默又藐视的女性

沉默又藐视的女性；将毛毯、
木板、裹尸布
在生命上摊开的女性；她了解
存在而又沉默者们的表情；
她提醒并用粗大的双手
持续大地的运动，
坚定明媚的面孔，她是老母亲，
担惊受怕，期待又默不作声。

夜晚用蓝色织成

夜晚用蓝色织成
依然闪着霞光。红色的舌
点燃它的轮廓。
　　　　　　我走向
寂静并深入事物的生命
却不知黑麦是美好
还是真理的渴望。
　　　　　　　　　在这
秘密扩张的时刻，当谷物
反光的愤怒没有使我的感觉麻木，
而鸽子新婚的叫声，
隐蔽的鸟儿和橡树的耐心
在增长，我依然要去
果园，在水中和阴影里
将自己寻觅。

我记得土地坚硬开裂

我记得土地坚硬开裂
呈蓝色升向白雪。
我记得河流下降
像清爽的雀鹰，
红色的土地在山坡上。
只见寂静的果园，粗犷的村庄。

我也曾观察人的心灵
看见同样的缓慢，同样
红色的峥嵘和寂静的寒冷。

而后来，惊奇地发现
被阳光照得疯狂的水，濒临
深渊的百合，平静的夜晚，
在杨树林中，还有白天
飞快的鸟儿和夜莺。

的确，塑像的皮肤

的确，塑像的皮肤
并非总是缓慢的光荣；
在凸起、结节和纹络中
祈求保佑老迈。立柱
不能阻止岁月；虽然合法，
却难免疲惫和哭泣
最终进入他们的本性。

请告诉我，你在可怕的柜橱

请告诉我，你在可怕的柜橱
和哭泣的器皿中看到了什么？

当你在药房
观察忧伤，控告
已经写在墙上，
你是谁？为何不声不响？

描述谎言（节选）

（1975—1976，2003）

氧气沉淀在我的舌头，如同一种消失的味道。

忘却进入我的舌头，我只有忘却的行为，

而且只接受不可能的价值。

像一条在大海撤离之国钙化的船只，

我倾听骨骼在储存自己休息时的屈服；

倾听昆虫的逃逸和阴影在加入我的遗留时的隐退；

倾听直至真理在空间和我的精神中不复存在，

而且我无法抗拒寂静的完美。

我不相信祈求，但是祈求相信我：

它们又一次到来如同无法避免的地衣。

夏天的发酵进入我的心田，我的双手在缓慢中滑行，疲惫不堪。

一张张面孔到来，既没有投影也没有使空气的单纯发出沙沙的响声；

既没有骨骼也没有行走，似乎只存在于我的双眼、我的话语群和我听觉的厚度中。

它们是顺从的，我觉得其聚集犹如在黑暗中隐藏的健康。

这是我心中的友谊；

是岁月中温柔的双手梳理的毛线。

现在是夏天，我备了焦油、芒刺和削好的铅笔

裁决上升到耳际。

我离开了倔强的寝室。

我能在被遗弃的果实中找到乳汁并在空空的医院里倾听哭泣。

我语言的繁荣显示在一切长期被遗忘却又被水造访过的事物中。

这是疲惫的一年。的确是很古老的一年。

这是必不可少的一年。

在五百个星期中，我没有自己的打算，置身于小纠结，对诅咒都保持沉默。

与此同时，折磨和话语妥协。

此时一张面孔在微笑，它的笑容挂在我的唇边，其音乐的提示解除了全部损失并将我陪伴。

它像消失而又回归的鸟儿的颤抖一样谈论我；

用依然在回答眼睑柔情的双唇谈论我。

在这个国家，在这段时间，其痛苦描绘在水银的碑石上，

我伸开双臂并进入草地，

在浓密的冬青树中滑行，为了引起你的注意，为了让你将我召集在你腋下的湿润里。

在萎靡的枝头还有阳光，我的价值体现在诸多音节，你和这些脸庞在它们上面像野生细胞一样行动，

像兴奋的精子直至进入声音的蜡烛，

直至将我的身体沉入平静的水，

直至用威严的香脂遮盖了我的面颊。

不是赞扬，不是紫袍落在我的骨架上；

而是更美丽更古老：在醋上呼吸直至将它变成蓝色，挥刀向前又抽回，利刃上浸染着持刀者的尊严。

我感谢贫穷，只为贫穷不将我诅咒并赋予我有别于从前的身份，那时我在拒绝中立法而且单纯。

我嗅到大地上一切肮脏的证据，我不妥协但是热爱我们留下的一切。

我觉得自己老了但有痕迹。访问者们来了。创伤下有蚂蚁。

我感到繁殖力藏匿在我头发的愤怒中并听到抛弃了我们的物种的滑行。

我止步于同情，因为同情将我交给那些王子，他们的奖章沉入我女儿们的心中。

我将和王子们作一种蒸馏，这对他们有害，但对人民却是鼓舞和甜蜜，如同果汁保存在漆黑的器皿里。

我不求助真理，因为真理说过“不”并把酸注入我的身体。

在鸽子的腹内有什么真理?

真理在舌上还是镜中?

真理是人们对王子们的问题的回答?

那么什么是对制陶工人们的问题的回答?

倘若你撩起长袍，会发现一个身躯，而不是一个问题:

为何话语在腰带上枯干或构成在静止的街角，

变成图板，然后，贫乏而又贪婪?

好了：我有时会像沥青或卷发那么无耻吗？

并非如此，而是我的记忆拥有沥青，我的惊叹在讲述堕落和仇恨。

我们的幸福很难被监禁在颠茄和不应打开的容器里。

肮脏，世界是肮脏的；然而却在呼吸。你像一个闪光的动物进入房间里。

除了认识和遗忘，还有什么激情与我相干？

我无须回答，而是和所有在门廊和在残余的分布中奉献的一切，和所有在夜幕下颤抖并呈黄色的一切聚在一起。

残酷使我们像神圣的动物，我们有尊严地行动，在我们的精神中，伟大的牺牲和仪式协调一致。

我们或许会发现一些液体，其浓度压抑着我们的欲望，从母亲那里保留的麻布和鳞片脱离了我们：我们那时在穿越信仰。

脱离之前的所有表情均已在年龄的内部失去。

请你们想象一位高明的旅行家，道路在他的脚步前解体，城市改变了位置：他并未迷失，但是他的确感到愤怒和徒劳往返。

这曾是我们的时代：我们那时在穿越信仰。

会呻吟的人们被抗拒真理的人们塞上了嘴巴，但真理导致背叛。

有些人通过堵嘴布学会旅行，这些人更灵敏并预测到一个国家，在那里没有必要背叛：一个没有真理的国家。

那是一个封闭的国家；昏暗是唯一的存在。

静止中的盲目，犹如玄武岩中的玄武岩，遗忘占有了我。这曾是我的休息。

停留，停留，但我的行为却是退缩，向母亲的物种的撤退而我的听觉的功能在寂静中日渐消瘦。

什么是我的真理？没有你们，什么是我的食物？谁来审定那背叛了背叛之人？

在青春后的语言中，问题是无用的声音。

我的体重在于平静，我的力量在于回忆；在于回忆并藐视曾经有过并在坠落的光辉以及我和自杀者们的友情。

请你们辨别我的缓慢和在我的灵魂中温柔地流血的动物。

你们的清洁是无用的。你们在行刑中发光，而疯狂在这光辉中增长。你们在将自己的敌人称颂，你们的冒失与他们的意图相通。

舍掉在掌控中凝固的时光，放弃或许更恰当。

何谓真理？谁生活在掌控以外的真理中？

你们居住在淤泥中或许更好。我并非你们的导师，但是的确，你们或许尚未达到应有的深度。

苍白的法官们：你们是什么？在可恶的墙壁面前，你们支撑什么？

这是不同的体质，是关乎我的另一种愤怒：

我的母亲非常胆小；

我的心，在温柔中颤抖。

我的友谊对于你，就像母亲对她的梦见刀的孩子。

我只给你用在我周身磨平的绷带，只给你用在我眼中停留的油。

寂静的确是一个可怕的故事，然而却有一种绝望之后的健康。

请你记住被抛弃的交易中的和平，请你记住寝室中的温柔——遗忘在那里腐化。任何人都既没有理由又没有希望，我们能做什么？

此刻雨燕在胡桃树间通过，声音在我头上颤抖。

儿子，你，在远处，在嚎叫声中睡着，儿子呀，你习惯于让老师们和在你的手指下滑行的女人们发疯。

你可以来我面前分享食物和谎言。你为何在泡沫上掘出的空虚中烧毁自己的舌头，为何向无法抑制的种子、向外来的亚麻种子开放？

你可以在我的手上唱歌，但收回你对自己的美言。

靠近，对你要好得多。

我的记忆是很坏的，黄色的，像一条多年来深陷的河流。

我的记忆是很坏的。再往前，在记忆之前，一个没有退路的国家，抑或没有存在：

高高的柔软的草，紧张中的午休：那眼睑上的蜂蜜。

那是分泌物并在渗入时间。昆虫在不停地受精，平静将我们占有。然而那样的时间不存在：在静止中交替，像没有分段的乐曲。

我的记忆是很坏的，黄色的，像胆汁无法摧毁的残留。

我将薄膜覆盖在徒劳的呐喊上。这是我的正义，然而，我的灵魂又留下了什么？

你不要在正义中寻找我。你找不到我的身躯，无论在教堂还是在无法忍受的预言中，后者就像病入膏肓的牲畜的舌头上的牛虻一样。

我的友谊在你身上，而你却不在我的友谊下。我不是被掠夺者：你的美丽是坚韧的，可我的疲惫比你的美丽更深刻。

在畜栏里，黑暗包围着我，我接待死神，我们交谈直至后者温柔地舔我的双唇。

不是你的而是我的品德；并非你的尖刻在阻止那些追求者；不是你极端的叫喊，

而是我的心和他们的羞耻，我的心

和被拷问者们的微笑。

在掩饰的语言中没有问题：一切都已解除。

语言是恶毒的，可它是我身上的脂肪。

别人用希望欺骗你们。

在某些情况下，我的话语可能会穿越你的双唇，慢慢进入你的存在；非人们所说之事而是话语本身，其温暖的呼出宛似爱情。

我在说表达，而非你们用以掩盖赤裸的叫喊。门廊下爆发无耻的信号：你们对那过路人说，爱我吧，临死前爱我吧。在这暴利中你们心里明白。

用另一种方式，另一种语言，我呼吸得到你，却遇不到你。你是模糊的，这是你的全部。

这就是时代，这就是我那个时代的形式。

在淌血的枣椰林中，你的声音源自海上分布的物质

你的音色环绕飞翔，用有毒的翅膀飞翔在已呈金色的躯体上，那躯体在极甜的果实中已经失明。

棉花，比儿时的闪电更绿，散发出使大海的描绘变得暗淡的预兆，大海的描绘在毫无怜悯的目光下。

女性的油在夏天的庆典中沸腾。

这是个炎热的日子。墙脚下，只有一只小鸟在享受，在夏天傍晚它是泪水的携带者，你看那些盐罐儿，那些桅杆优美的氧化，那些旗帜致命的长度。

有拒绝：创伤，来自蔑视的液体，你女儿们脊背上的嘴唇。

淫秽，丧葬的温柔，谁没在你黄色的双手畅饮？

多少事情发生，无非破坏行动。

你知道何为破坏？不，你不知道，因为你的目光太美了，而且你不愿在它之后幸存。

胆怯是不可能唯一的赠品，胆怯进入我心并开始有一种温柔，对你们而言，它可能微不足道；

但是你们，更加贫困，你们在我贫困的周围抢掠而未遭抵制，因为我记起并需要你们。

因此你不知道什么是破坏吗？

你的任何味道都不在了，你双腿之间的证据不曾是你身上的健康。

你在加冕中的呐喊，在点燃寝室，被抛弃在那里，恰似毒蛇的衬衣。

我的身体也感到了破坏，但用的是父母的眼神，目光在真理后面滑行。

是的，我知道何为破坏，我吃的是隐蔽的草，嚼的是我的名字并与消失同在。

那时，你们，年轻而又敏捷，不懂得真理会熄灭：

你们使法官们晕头转向，射精时英姿飒爽。

没过多久，你们被拆散了，你们的美没有在高竿上闪光。

只有在那些身体上才有抵抗，它们从前受了惩罚，曾经不肯轻信并在寂静中隐蔽自己。

现在我请求你们靠近。这里有残余。对你们手上所留之物而言，它的颤动还是炽热的；

我在你们双唇上将黑暗榨取，而贫困将进入你们的记忆。

夜幕下有糖；有谎言如同在死神地毯下暗藏的心脏；

有不同的否定；不同的是你们憎恶的海绵里的法律；

不同的是房间里的法律，恐惧在那里诉说。

被冒犯的父母在那里生活。

你想过耐心吗，想过像缟玛瑙一样的耐心，在嘈杂中掘墓的耐心，将布匹丢给风，有一天会到来，在驱逐之后终将到来的耐心吗？

这座城市不干净；村边公有土地令人恼火；麦角与黑麦丛生并长出我们儿女们的食物。

我没有希望，只有激情，你不会把它的名字告诉我。

我没有希望，只有激情，它的名字不会碰你的双唇。

我穿过童年、吗啡地带和漫长的森林，曾在森林中休息，巨大的翅膀掠过我的眼睛。

在周围我去过的地方，有很茂盛的果实，我去采集，手指被萤火虫烫伤，我继续采，因而耽搁了去别的地方，耽搁了去那些卧室，母亲在我的暮年之后老去。

话语，屋瓦下的热度，倒退的糨糊，在梦的伪装下发狂的
　　胆汁，

它们是什么？当真理熄灭，它们在我身上做什么？

真理只剩下公证人的恶臭，

淫荡的虮子，泪水，尿壶

和背叛的仪式。

昔日蔓延的绣球花装点着我身体上方的房间。

这是什么地方，这是什么地方？你如何依然在我心田？

我看见死神被树木（比你姐妹们的哭泣更苗条的树木）环绕，被光辉和平静中的欧石楠环绕。

我看见蓝色的影子分布在田垄上，只有像我的心一样古老的动物和疲惫不堪的使者们能察觉到它；

逃避在我爱慕的口（自杀者的镜子前面的伟大旗帜）

和钢铁里面的希望之上。

秋天体现在无形的鸟群中。倘若你的记忆充满遗忘，你会做什么，在一个你不愿到达的国度，又会做什么？

纯洁的面具有重量，祖国形体上的抹布有重量。

和平是羞耻。我将带着自己的羞耻前往。

那些身躯走向刑讯，而另一些在爱的姿态中是灵敏的，但智慧在更深的苦难中增长。

倘若你的记忆充满遗忘，你会做什么？万物皆透明：停止书写，雨水落入眼中。

我们的双唇在不可理喻的话语中老去。

曾经有床单的揭露和扩张。外面有一些脚步。

当夜幕在城市降临，有人在呻吟。

谁在白杨林带后面，在被挖掘的草地上呻吟，冰冻在那里将火石缠绕?

城市被呻吟包围。

一座座门在我面前生根，隐蔽的门！我感到静止如同物质有重量在身。

市场的味道在黄昏中增长：脂肪和月桂在木板上，重重的饭碗，盖过肉的布匹，冰冷的铁器。所有的事物都传递着恐惧，马匹挣扎在遥远的营房里。

市场的味道就是我灵魂的味道。

我看见院落中高大的女人们（和那些闪光的言语）。

她们高大、白皙。后来，在寝室里，冲洗身体，垂下发缕。

几位特别老的母亲走到旁门，但是被飞快的女儿们赶上，将她们送回卧室。

屋里是这样：铺开的床单和患黄疸病的老妇。有几位在脸盆或火盆的光亮中哭泣。

男人们的背叛：穿越路堤者和占领城市者，这些人，其平静是致命的；

这些人——在油滑的表皮下——，其目光有着水银的灵敏，

受着金合欢之美的保护，

(在利刃上吹口哨的人们，在仓库里照明的人们，

用极准确的姿势描述脸庞的人们)。

从顶楼传下鸽子的叫声。这是我儿时的声音。

我的财富是贫瘠的：一件麻织的上衣，牛奶——杯沿儿呈蓝色——和间谍们的观测。

这些是我眼睛的痕迹，是我灵魂的内涵。

谁在白杨林带后面呻吟？伴随冬天的消息，狗群在霜地上交配。

一根带刺的树枝扎进我的心灵，然而我并未从这梦中清醒。

现实在这双唇上逃逸，这双唇只在无形的形体上是行家。

童年的发酵停止了；恐惧停止了，留下了大大的空洞。

在眩晕中白发苍苍的母亲们，放弃了她们坟墓的土地。

这是我的祖国所剩之物。

控诉在你的语言中停留了太长的时间。你姗姗来迟，如同以温柔为归宿。

你舔我的皮肤直至生出标记，你的抽泣在我心中形成穹顶，

但是在我的慈悲中栖息着苗条的动物、有说服力的动物和另一些飞快旋转的动物。

只有你是外向而又可怕的：盗窃了我的行动且并未入睡之人；

处于平静中的盲目之人。

谁在替你说话，谁是你面孔的形式？

你要提防那以自杀者的香料为食物的人，要提防我，因为否定触动了我的身体。

你的灵魂累了，但你在疲惫中是高尚的：你在对消失的诸神诉说。

你没有相似：你的语言中有感染力和火，纯洁是你的毛病。

你攀至一个有芒刺的地方；你触到了黄昏的边缘。

你姗姗来迟，如同以温柔为归宿。无人与你相似。

我将岁月置于眼中，我的行动如同树脂的味道在一个深刻的所在。

我只看见死神寝室里的光芒。

死亡中的一个声音：我的听觉充满光亮，鸽群升起在警察行动的上方。

宛似在愤怒的水里，我的面孔在这钢铁中是美丽的：啊，失控的人群，愤怒的幸福。

我灵魂的居民，你在隐藏？

谁还在你母亲的寝室里撒谎？

今天是睿智思考的日子，是在你眼中蔑视我的日子。

我像惧怕死亡一样惧怕生命；在那些空盒子上有光芒，

石块在我母亲头上，

长长的控诉在冬天的密码中隐藏。

你没有自由的梦想。

今天是睿智思考的日子，雨燕在阳台上观察服刑，那里的光明是完美的，

你在那里迫使我无缘无故地追求光明。

然而蓝色的温柔——那水银中的阴影——和飞向受折磨乳头的百灵曾在你的眼中滑行。

你是那蔑视的日子。

矛盾在我的灵魂中，犹如牙齿在谈论慈悲的口内。

模糊在我的灵魂中，我想着河流，当我的舌在那些女性身上滑行，她们对我的酸楚深表同情。我的健康在那些巨大的窗前是淫荡的。

这些群体……你脊背的洁白，你这盲目的行人，走在我前面，或者，在被眩晕磨光的杯子里，那蓝色的食物，为了垂死挣扎准备的食物。

长长的口哨声从院落传来。我倾听至更晚的时辰，世界是个空洞，私通之美在夜间酒杯的底部沸腾。

一天的前夕就是如此。乳汁宣告清晨降临。

谁进入了我的听觉?

忘却是我被监视的祖国，我曾有一个伟大而又陌生的国家。

我从眼睑的寂静回到那些树林，我曾在那里被病人们的预感和提议追踪。

就是在这里恐惧看到你面孔的力量：你消失中的现实

(像雨水一样漫延在夜的深处；比忧伤更缓慢，在我的身体上比双唇更湿润)。

这是背叛的重大的日子。

磷火在滋养着我。你在我母亲的双腿间创造了谎言；不存在痛苦而你创造了同情。

你在回到绣球花旁

并在委员们的镜头下抽泣。

我看见无用的光明。

我的口在祈求中是冷的。这无法理解的故事是我们的遗留之物。叛逆在不可亵渎的心中繁衍。

谎言的深刻：我的行动都在死亡的镜中。煤炭在英雄们的皮肤上闪光，他们在愚蠢的门槛上依然清醒。

那玻璃窗中间的惨叫，那些只有在爱的瞬间才看得见的创伤……

这是什么时刻？什么样的草在我们的青春中生长？

碣碑（节选）

（1977—1986，2003 ，2018）

在俯身向深渊的母亲们的平静中。

在某些花朵上，她们在被不幸烤死前，在马匹学会哭泣前
　　关闭。

在老人们的潮湿里。

在心脏黄色的物质中。

所有的动物都聚集在巨大的呻吟中。我听见老年的口哨声。

难道你在思考失踪。

请对我讲，我好认清无用话语的纯净。

那是被鸟儿搅乱的时代。除了宽大的床单，没有别的光芒，我们不了解它的经线。被阴影威胁的石灰在沸腾，走廊通向恐怖的门厅。几位母亲躬下身，为了倾听孩子们的哭声，孩子们抓着淌血的围裙。

芥末[①]曾在我口中。忌妒像油一样在黄纸板上滑行，胡安·加莱亚[②]，带着愤怒的筐，缓缓降落在慈悲上。

今天是钢铁的日子；它的光辉进入死者们的眼睛。同样的母亲，让我摆脱那隐藏在鸽群中的人，遮住我的脸，将我从那星期五救出。

（星期五和钢铁）

---

① 原文为Jaramago，即帚状砾芥，属十字花科，芥末是芥菜（十字花科）的种子磨制而成，据上下文，译作芥末。

② 胡安·加莱亚（Juan Galea Barjola，1919—2004），是诗人的好朋友，一位已故著名画家。

没有健康，没有休息。黑暗的动物乘风而来，在不幸的数字下有人们的榨取。没有健康，没有休息。黑色的咆哮在增长，你将最悲伤的毛线放在中间（冒着不停息的太阳，在哭泣的盆里，在预兆的紫色根中），夜不成寐的母亲们，居住在闪电的牢房，让目光滑行在一座碑林上。

鸟儿还在呻吟？到处血淋淋。在音乐的底部听不到声音，我还要坚持吗？花园在我的精神和间谍们的准确之间，那里有监视。教堂里有监视。

你要提防烧烤和乱伦；西班牙，我说，你要提防你自己。

（间谍之歌）

在昏暗的门厅上，我从阳台观看，脸贴着冰凉的栏杆；藏在海棠后面，窥视瘦小男人们的动作。一些人面颊上有甲烷的痕迹，画着可怕的蓝色线条；另一些边唱摇篮曲，边晃动着隐藏的孤儿。这些人行动迟缓，禁令和死亡的味道令他们怒气冲天。

(母亲，睁大了双眼，担心脚下地板发出咯吱咯吱的声响，靠近我背后，用无声的暴力，将我拉回房间。将右手食指放在双唇上，慢慢关好阳台的窗)。

俘虏的绳索连续不断；汉子们背负着沉默和毛毯。在贝尔内斯加河那边，我们友好地注视着他们。一个女人，疲惫而又美丽，挎着一小筐橙子走来；每一次，最后一个橙子总是将她的双手烧灼：囚犯总比橙子多。

他们从我的阳台下穿过，我下来，脸一直贴着冰冷的铁栏。他们被拴在长长的带子上，被带到一座座桥边，感受到河流的潮湿，在进入圣马尔科斯的黑暗，在进入我可耻城市的临时监狱之前。

那是象征穿过的日子。我有一只黑色的羊羔。我忘了它的目光和名字。

条条小路在我家附近会合，沿着篱笆延伸，不通向任何地方，终点是小块儿的草地，那是我和羊羔的去处。我在那小小的迷宫中横冲直闯地玩耍，直到寂静使恐惧萌生，像我肚子里生的蛔虫一样。这样的情况一再发生；明知心中恐惧，却依然要去草地。

最后，羊羔被送进屠场，我懂了，爱我的那些人也常常会决定对死亡的管理。

我看到一种既不温柔也无名字的友情：肉体的人们和木头的人们，用愤怒的色彩装点墙壁的人们，点燃乙炔的人们。

他们的影子形成时，在大理石上，在带着呛人的灰水的木板上，脚手架的眩晕和焊接的毒气停止了；粗大的双手举起紫色的酒杯，葡萄酒燃烧在工人脸上。

黑色通告

什么也藏不住静止的雀鹰；它黄色的眼睛在燃烧，

而这是对它的描述：生病的水，无形面孔的乞讨。

不要在橱柜中乱伦；你要提防：哮喘，责难，鬼怪，

或许是绝望的日子和翅膀。

请坐下来观察死亡。

妓院的陈述

我看到老妇人们的殷勤

和她们的针；黑暗和她们奖章的湿润。

周四没有父亲，只有周四。

镜子中无人。黄昏后，

我看见一根根针管，

永恒的母鸡成群。

上帝对悲哀早已厌倦

已不愿存在。那个傍晚

是我一生唯一的傍晚。

寡妇食堂

你看冬天在经过，在凹陷的寝室，在伟大的十进位下，殡葬的白银在出汗。

勺子啊：当糖在沸腾，那是你的音乐之声；

啊，勺子在心中，而诱惑心的是死神的百灵。

仁慈的探戈

是我生命中最后的毛线；

有糖，警卫，爱情，

在我心灵的皱纹中

你依然是我温柔的可怜虫。

我是那开始不存在之人
可还在哭泣。

徒劳地是这二者，令人力尽筋疲。

寒冷之书（节选）

（1986—1992，1998，2004）

1

田园诗

我很冷，泉水旁。上来，直至疲惫了心脏。

山坡上有黑色的草，阴影中有紫色的百合。面对深渊，我该做什么?

空中的老鹰无声无息，辽阔缺少意义。

在粪便和闪电之间，我倾听牧人呐喊。

雀鹰的翅膀还在闪光，我下到潮湿的篝火旁。

我听到了雪的钟声，看见了纯洁的蘑菇，我创造了遗忘。

面对被冬天烧烤的葡萄园，我考虑恐惧和光线（这是我眼中唯一的物体），

考虑雨水和被愤怒穿越的距离。

踏着羊群的粪便，我上去并躺在会奏乐的橡树下。

鸽群从我的身体和霞光间穿过，风停了，影子湿了。

孤独的草，黑色的鸽子：终于，到了；这不是我的地方，但是我到了。

惊奇，光芒；静止的雀鹰，芦苇的乱发，在水面，我的双手
在布满灰尘的黑莓前。

我将黑色的果实放进嘴里，它有着另一个世界的甜蜜

宛似注满光线的思绪。

我让自己的身体在被泪水浸得开裂的木材上伸展，嗅到亚麻和阴影的味道。

啊，我心中的吗啡：我睁着眼睛睡眠，在被话语抛弃的白色领地面前。

2

雪的看守者

看守被母亲伤害；

他用双手描绘痛苦的形式
并抚摸他已经不再喜爱的头发。

所有的理由都在他眼中消亡。

酒醉中，女人们、阴影、警察和风包围着他。

他将血管置于紫色的灌木丛，纯净中的眩晕；在他的听觉里，冰霜愤怒的花朵是蓝色的。

玫瑰、蛇和勺子是美丽的，当它们在他的手里。

每日清晨，他将钢铁和泪水放进小溪并在愤怒的歌声中训练小鸟：清澈的小溪献给温柔得愚笨的女儿；蔚蓝的溪水献给没有希望的女人，她嗅着眩晕和阳光，独自在垃圾堆，在那些白色的旗帜中，在柳树和爱得已经发黄的眼睑下忍受寒冷。

他始终怀有空虚的激情。狗群一直嗅着他的纯洁和被酸灼伤的双手。黎明时，隐藏在白色的篱笆中，在公路前痛不欲生，看着阴影进入白雪，冰霜在深刻的城市沸腾。

在他的歌声中，有毫无希望的琴弦：盲目的女人们遥远的旋律（赤脚母亲们置身于优雅透明的监狱）。

他发出死亡和露珠的声响；然后，将黑色的芦苇弹拨：他是创伤的歌者。他的记忆在风的国度，在废弃疗养院的洁白中燃烧。

他在白色的草上是飞快的。

有一天他觉得生了翅膀并停下来，为了倾听另一个时代。的确，黑色花瓣在跳动，但徒劳无用：他看见坚强的歌鸫飞向远方被严冬削得锋利的枝头

他又变得飞快却没有归宿。

在寒冷的监禁中他是精明的。

在蓝色的清晨他看见了预兆：雀鹰劈开冬天，在雪花中小溪潺潺。

女性的身材在到来，他发现了她们的丰满。

然后无形的手来到。他用确切的温柔，抓住母亲的手。

3

依 然

鸟儿。在磁力和风的误导中，穿过雨水和国度，在愤怒和阳光间飞翔。

遵循着眩晕和忘却的规律，不可思议地返回原地。

有人进入白色的记忆，进入心灵的宁静。

我看见一道冰霜下的光芒，错误的温柔使我将眼睛闭上。

伤感的陶醉；犹如将脸庞靠近一朵生病的玫瑰，不知是芬芳还是死亡。

阳光在刀子上张扬，乞丐们走进市场。有人不停地讲，各种果实围在他身旁。

依然是贫穷而又漂亮，说着准确的音节，穿越遗忘。

泉水在夜间交谈，在寂静的磁力中。

我感到被遗忘话语的柔情。

这个时刻不存在，这座城市不存在，我已看不见这些杨树，
它们的轮廓沐浴着雨露。

然而，这些就是消失的杨树，我儿时的晕乎。

啊，花园，啊，数目。

我没有恐惧也没有希望。从外面的旅馆到归宿，只见黑色的海滩，远方的，一座城市硕大的眼睑，它的痛苦与我何干。

我来自甲撑[1]和爱情；曾在死亡的管道下忍受寒冷。

此刻我在观察海洋。没有恐惧也没有希望。

---

① 甲撑（metileno），又称甲叉、亚甲基，常用于消毒杀菌的药用溶液。此处寓意不明，译者揣摩，或指其母亲的分娩，即诗人自己的出生。

有一位老翁面对一条空空的小径。无人从远方的城归来；最后的足迹上只有风。

我就是小径和老翁，我就是城市和风。

你是智者和胆小鬼，在潮湿的女人身上受伤，你的思想只是愤怒的记忆。

你看到恐怖的玫瑰。

行人啊，眼睑的茫然。

有一种草，人们不知道它的名字；我的生活就是如此。

我穿过冬天回到家里：潮湿的衣物上是忘却和阳光。镜子空空荡荡，盲目的孤独在盘子上。

啊，被遗弃的刀子纯洁明亮。

4

不纯的帕瓦纳舞[①]

① 帕瓦纳舞（pavana）是西班牙古代的一种慢步舞，16—17世纪传遍欧洲。

你的头发在他的手中；在雪的看守者手中燃烧。

那是大麦、蛇的午睡和你昔日的头发。

你睁开双眼，让我看看那洁白的大麦：你的头在雪的看守者手中。

一想起你在黑暗中的短裤，你皮肤下的光芒，你鲜活的花瓣，所有的树都开始在我的心灵中呻吟。

有时沉醉的鸽子旅行，在穿越多少个周年。

啊，来吧，你赤裸的仁慈，致命的鸽子，田野的女儿。

百舌鸟在你双唇的炽热上消亡。

你赤裸在我的泉水上，我感到你身上巨大的创伤。

百舌鸟在白色的卧室消亡，在那里，我是盲目的，有几次，
不止一口大钟在你身上作响。

我寻找你不可告人的皮肤，你的皮肤涂满了蛇的痛苦；我分辨出你无形的底细，心灵冰冷的痕迹。

我似乎看到了你沾满血的带子，你在玻璃和并非你的黄色创伤之间的哭声，

但是在你的眼睑下我的梦在进行。

乌有是如同面具的空洞，其视觉是青紫色，但是你在倾听水的母亲们的喊声并抚摸看见了乌有的那双眼睛。

我们的身体越来越悲伤地相互理解，但我爱这凄凉的紫色。

啊，寝室黑色的花瓣，啊，黎明的碎片。

双唇上持久的爱：

有一种无望的蜂蜜，在伟大的女人们的耳轮和影子下，在夏季的挣扎里，像水银一样流下心脏蓝色的创伤。

持久的爱：在我的大腿间哭泣，

像无望的蜂蜜。

你的舌来了；在我口上

像伤感中的水果一样。

让你的仁慈在我口中：

吮啊，舔啊，我的爱，鬼精灵。

寂静的动物都来了，但是黄色的虞美人，大海的花朵，在被风和哭泣烧焦的墙壁前，在你的皮肤下燃烧。

那是不纯和仁慈，是希望所抛弃的身体的食物。

在你的眼中，我老了；你那时是温柔和扫荡，我爱你的身体在其夜间的果实里。

在我面前，你的天真像一把利刃，

但是你的重量在我心里，像深色的蜂蜜，在走向死亡的时刻，我能在自己的双唇上感受你。

你像挣扎之人的花朵

无影无形，但它的芳香

能进入鼻孔，而且愉悦，

有时，是生命中的一切。

你在潮湿中爱我

在乳头上是蓝色。

你柔情细语，在我的唇上

在伤感中，回自己的牢房。

你的秀发在我的手中变白，记忆似静静的流水将我们抛开。我感到生存的冷淡，但是你的印象却在寝室里漫延，你的情色住在我的心房，我的思绪进入你的创伤。

5

星期六

我的面孔在盲目的雕塑家手中沸腾。

在静止院落的纯洁中，他温柔地思考自杀者；他在创造老年：

昨天和今天在我心中是同一天。

哭泣的动物舔着你母亲的影子，你想起另一个年代：光明中一无所有；只感到活着的惊奇。然后，磨刀人来了，他的蛇在进入你的听觉。

现在你恐惧，突然，准确令你痴迷：同一个管子在你的窗下吹响：磨刀人到场。

你听见局限的音乐响起，看见哭泣的动物过去。

那哭泣的动物，在变成黄色之前，曾在你灵魂深处；

舔着白色创伤的动物，

它在仁慈中盲目；

在光明中入睡又很贫穷，

它挣扎在闪电中。

那女人，心脏是蓝色的，并不知疲倦地将你哺养，

那是你在愤怒中的亲娘；

那没有忘却的女性，赤裸身躯在寂静中，

那曾是你眼中的音乐之声。

平静中的迷惘：肉体的本质进入明镜而鸽子在燃烧。你在将判断、风暴和埋怨素描。

这就是暮年之光，

这就是白色创伤。

面对静止的水，我赤裸了身体。将衣服置于最后枝条的寂静里。

这是我的宿命：

到了岸边，对水的平静却又产生恐惧。

6

局限之冷

……作为现实的象征，在死神面前又变成象征的现实。

——赫尔曼·布洛赫[①]

① 赫尔曼·布洛赫（Hermann Broch，1886—1951），奥地利作家，与卡夫卡、穆齐尔和贡布罗维奇被米兰·昆德拉称为“中欧四杰”。1938年，被纳粹当做颠覆分子关入监狱，随后在朋友（其中包括爱尔兰小说家詹姆斯·乔伊斯）发起的营救运动中获释，流亡至美国。

如同肝火，盲目的话语隐藏于自身。

在你的语言中有黑色的结。

没有希望和声音。

在你的精神世界，无任何事物穿过动脉的黑暗，在你心脏白色的导管发出哨音。

在你身上既没有记忆也没有面孔。

天要亮了。还有黑夜在你的伤痛。

白昼的刀子来了。

不要在阳光中赤裸，闭上你的眼睛。

多条蛇在空气的牢房叫喊。醉意上升，从女性的双腿间
你将双唇置于她们的液体。

请捧起挣扎的花朵。还有湿润

在你爱的灰烬里。

进入你的身体，你的疲劳充满着花瓣。幸福的畜牲在你身上跳动：深渊边上的音乐之声。

挣扎和平静。你依然感到香水般的生命。

这没有希望的欢愉，在身上究竟有何意义？

难道音乐也会停息？

7

我曾喜爱消失，而现在最后的面孔已离我而去。

我穿过了白色的帘栊：

眼中只剩下光明。

损失在燃烧（节选）

(1993—2003，2004)

遗忘来了

光在我的眼睑下沸腾。

一只专注于灰烬的夜莺，从它黑色音乐的内脏，产生一场风暴。哭声降到古老的牢房，我看到生动的皮鞭

和畜牲们呆滞的目光，其冰冷的针刺在我的心脏。

一切都是预兆。光是影的精髓：昆虫死于黎明的蜡烛。于是

意义在我身上燃烧。

拱门下，我很冷，它分开了存在和光明，

分开了我忘却的一切

和最后的光明。

在永恒的外表中有一丝光亮，我们几乎爱恋地舔了无形的薄膜，在静止的枝条上只剩下冬天，所有的标记都是空的。

我们独自在两个否定之间，就像骨头抛给了永远不会到来的犬。

白昼要进入钙化的寝室。黑色的缝合徒劳无用。

留下一件乐事：我们
在不可理解的话语中燃烧。

我将仁慈的骨头丢进深渊；已不需要，当痛苦是平静的组成部分，而明智在我身上劳作像令人发疯的乙醇。

我晓得指甲在死亡中生长。没有人

下到心脏。驱除虚伪时，我们掠夺自己，我们被伤害

却无人到来。无

阴影也无挣扎。好吧：

只有光。这就是

最后的陶醉：眩晕和遗忘

是同等的量。

鸽子栖息在阁楼上，在黑暗和玻璃之间颤动翅膀，

我看见一张张面孔的纯洁，它们在雨中成形

而泪水在黄色的溃疡上。

那是童年的阁楼。

我在穿越遗忘。

在教堂和诊所

我看见光柱和铁蹄

我用力抓着母亲的手臂。

现在

我挪开纱布和皮下的针头：

在一片漆黑的柜橱中寻找母亲的手。

她的双手依然赶到我的梦乡，先于一声黑色的喊叫，先于我心中隐藏的镣铐。

我的衰老扭曲她的骨骼，燃烧她的头发；我的衰老包裹在爱情湿润的皮肤中。

她的目光来自我永远不会去的地方。

她的泪水沸腾在我的皮肤上。

损失在燃烧。曾燃烧

在母亲的头脑中。从前

真理曾燃烧，我的思想

也曾燃烧。现在

激情已化作冷漠。

我

在木材中，将无形的牙齿倾听。

愤　怒

从强烈的潮湿，

从暴风雨

和哭泣交织之地，

传来

这动脉的疼痛，

这破碎的记忆。

在我的血管中

那些母亲依然会使人发疯。

谁呐喊着

走来，宣告

那个夏天，点燃

黑色的灯，在利刃

蓝色的纯粹中发出哨声？

他们来了，提着灯盏

将盲目的蛇引向

咸水湖的沙滩。

有一场钟的火灾。

只听得钢铁

在被哭泣围绕的城中呻吟。

曾是

致命的音乐，马匹

不停的哀鸣，曾是

葬礼的帕瓦纳舞

在血淋淋棉花的时辰。

曾是千百颗头颅的低垂，

母亲嚎叫的滴水嘴，

受折磨母鸡的氛围。

依然，又是，我们手中

寒冷的骨头、石灰，

警察黑色的精髓。

在蚁群活动的下面

有眼睑，而排水沟里

有致命的水。

在我心里

依然有蚂蚁。

天将破晓在监狱和坟墓上。

受折磨的头颅将我观望：它的

乳白色在燃烧，像被俘的闪电一样。

远在影子后面

看见霞光红色本质上的阴影。

边界在燃烧

我闭上眼睛。

那些抛弃我的面孔在黑暗后面。

我见过他们被闪电加工过的皮肤。

此刻在这黄色的瞬间，

只见他们遥远眼睑的光焰。

我将水和朱砂注入自己的心脏和血管

看见荔枝螺后面的死神。

现在我看见在过去：静止不动的硕大花朵，受儿女们折磨的母亲，被痛苦滋养的地衣。

只剩下一张张无形的面孔。

我徒劳地疲惫不堪

沉浸在回忆和黑暗。

寂静或许在自身之外持续，存在只是一声黑色的呐喊，一声在永恒面前的嗥叫。

错误压抑着我们的眼睑。

无休止清醒

我看见薰衣草沉浸在哭泣的盆内，幻象在我心中燃烧。

在雨水后面，我看见病态的蛇群——在其透明的溃疡中是美丽的——，芒刺和阴影威胁的果实，露水刺激的野草。我看见一只挣扎的夜莺和它充满阳光的歌喉。

我梦见存在，那是一座受折磨的花园。在眩晕中白发苍苍的母亲们从我面前经过。

我的思想在永恒之前，而永恒并不存在。我在一座空空的坟墓前耗尽了自己的青春，在质疑中疲惫不堪，这些问题依然在将我敲打，如同一匹在回忆中苦苦奔驰的骏马。

我仍在自己心中徘徊，尽管明知会跌入自己心中的寒冷。

这就是暮年：无休止的清醒。

一个隐藏在黄昏中的动物看守并怜悯我。腐烂的水果很重，肉体的密室在沸腾。穿越这布满镜子的疾病令人疲惫。有人在我心中吹口哨。我不知是何许人但理解他那无休止的音节。

我的思想中有血液，我在黑色的碑石上书写。我本人就是奇怪的动物。我了解自己：舔喜爱的眼睑，舌上有父亲的基因。我是我，毫无疑问：唱而无声，坐下来观看死亡，但只看见灯盏、苍蝇和葬礼飘带的神话。有时，在静止的傍晚呐喊。

无形之物在光线里，但是，有什么在无形之物中燃烧吗？无可能性是我们的教堂。无论如何，动物拒绝在挣扎中疲劳。

那是当我入睡时他却是我身上清醒之人。尚未出生，却一定会死。

事皆如此，我们来自什么失去的清醒？谁能记得本不存在之事？返回可能更温柔，但是

我们犹豫不决地走进一个芒刺的树林。在最后一个预言后面

空空如也。我们梦见了一位神舔我们的双手：无人看得见他神圣的面具。

事皆如此，

疯狂是完美的。

已经

没有激情而只剩下冷漠。我知道

命运拒绝永恒。因为既没有

命运也没有永恒。

然而

有人在寝室呻吟。消失

依然不完美。

陶醉

不会停止，没有希望

光明不会到来。

我看见金色的火焰落在阴影的墙壁上。这发生在象征出现之前。

黏土在寂静中燃烧，在引力包围的温柔后面，打开一个个空间，然后或许会发现，仁慈和残酷已无法分辨。

后来，消失是相爱的面孔唯一的品德。

我进入一段身体分享光明的时间，而光明，在我身上又在我身外：狂热和显示，瞬间撕破童年。接连发生，在醒与未醒之间，在无形的锋利的轮子下面。永恒提前了它的伪善：不存在，却可怕而又光鲜。

我参与了火的压实。感到周围有带刺的腰带和失落在雪中的刀剑的精准。我发现了深渊，在它的足甲上有宁静的虞美人在漫延。我学会嗥叫，当眼中有玻璃的碎片。

引导我的青春的是技术革新的闪电，它们远在其火焰习性中的花朵后面。在被遗弃的寝室里，我看见了裂痕，哭泣的爬行动物的头从那里出现。

我认识了寒冷，看见了司法的痕迹，在象征的后面。

我也看见了受刑的骨骼。那时我心里升起巨大的、无用的问题。面对母亲窗帘的平静，我产生了恐惧。

后来我发现了某些溃疡的美，在动脉的组织上，发现了使快乐与死亡相通的管道。

我曾做梦而梦是我体内的另一种生活，其内容在于痛苦而痛苦先于思想并从生病的细胞演绎而生。

我在这附加的创造中误入歧途；发现在身体之间无非疯狂。

我又想到刑讯者们，又看见

被寂静石化了的果实，而在我的手上，看见父亲的牙齿（那是对土地潮湿的提取）。我不得不估算从陌生情人们那里接受的黑色假珠宝的价值，一天，从心脏到肺腑的怀念暴露无遗。

透过忘却，我见到贫困，只有一次，也看到母亲的脸庞，微笑着在棉花和钢铁上。只有一次。

这是我的陈述，这是我的作品。寒冷的卧室内别无他物。卧室外，成筐的悲苦，沾满露水的粪便，而大幅的广告在宣扬幸福。

在种子的钙化上，在烧焦的花朵前，在思想的消失中，

无形的手在编织野草。我害怕它的纯洁。我看见

淌血的羊毛，和食物上致命的油脂，黑色的管道，静止的枝条下，琴弦、阴影和安全套。

我是在用自己的眼睛看吗？

骨骼在燃烧，我听见露珠的发酵：有人在受折磨的树木下哭泣。在虞美人的叶片下，我看见了光的创伤、高高的断头台、蛇群和工业用油。

我是在自身并压在土地上吗？奇怪。

无论如何，我恐惧：虫子爬向我心里。

这是喉咙中铁的年代。是的。

你栖息在自身却不自知；住在被遗弃的拱顶，在那里倾听自己的心声

当脂肪和忘却在你的血管里漫延

你在痛苦中钙化而黑色的音节

从你的口中落下。

你走向无形

并知道不存在是真实的。

你依稀保留着自己的事业和梦想

(依然保留着自杀者的味道)

滋养你的是愤怒和虔诚。

你留下的东西甚少：眩晕，指甲

和记忆的阴影。

你在思考消失。抚摸

头脑的黑暗，跌下被痛苦烧焦的心肝。

这就是喉咙中铁的年代。一切

都无法理解。然而

你依然爱着失去的一切。

我曾看见一场风暴，引导它的是怨言，是在自身美丽中硬化的花朵，是阁楼中鸽子粪便上的预兆。

也曾看见洁白的母亲们和为了实在的警察组织的数字。

这是在儿时。后来，
在亚甲基的蓝雾下，

我看见一个个领域，在其内部残酷是神圣的，还有被磁性折磨的赤裸和工业的肿瘤。然后，

我感到酒精的牙齿和悲伤的呼吸。

老年的体液从管道流下，但老年点燃了我的记忆：我依然看见被自己的天真毒化的孩子的角膜和挣扎者们的玩具，

看见没有希望的油壶、哭泣的号角和被一位蛇群中的疯狂母亲遗忘的咖啡壶。

我在多面镜子前睡着。溃疡的公主和静止中发疯的节拍器停留在水银深处（又是被眩晕包围的童年）。

终于，

我看见在哭泣中怀孕动物的足迹和刺穿梦想的针。

醒了。我

只看见精致的、在准备垂死挣扎时极有用的刮铲。

我感到黄昏在自己手里。从生病的月桂后面到来。我不愿思考不愿被爱不愿幸福也不愿回忆。

只愿感到这光辉在自己手里

而且不认识所有的面孔，歌声在我的心中不再有重量

鸟儿从眼前飞过而我并未发现它们已经离去。

有裂缝和阴影

在洁白的墙上，很快又有更多的裂缝和更多的阴影，而最终将不再有洁白的墙。

这就是老年。像被呻吟穿过的水，流淌在我的血管里。所有问题

都将停止。一轮迟到的太阳压在我静止的手中，思想及其消失，宛似同一种物质，同时温柔地来到我的安宁。

挣扎与平静。

或许我是透明的，我已是独自一人却不晓得。无论如何，

唯一的明智是忘却。

赛希莉娅*

(2000—2004)

光是不可见之

第一个可见的动物。

——何塞·莱萨玛·利马①

---

* 赛希莉娅（Cecilia）是诗人的外孙女。

① 何塞·莱萨玛·利马（José Lezama Lima，1910—1976），古巴著名超现实主义诗人、小说家、散文家，以其巴洛克式写作风格和兼收并蓄的博学深刻影响了众多古巴和拉丁美洲作家。

你睡在母亲的皮肤下面，她的梦进入你的梦。你们在同一个光辉的模糊中醒来。

你还不知道自己是谁；在母亲和生命的颤抖中间徘徊。

你在黑暗中流动；比存在更温柔。

现在，当一滴非常生动的泪水或许能伤害你的面孔，

你小心翼翼地走向自己。

你似乎栖息在我心里，我的血管里有光明，我会甜蜜地发疯；在你的清醒中，这一切都是真的：

你栖息在我心里，

我的血管里有光明，

我甜蜜地发了疯。

柳树下

我将你抱在怀里并感到你在呼吸。

然后我们去见阳光，你第一次

见到天空，指着它并说出它的名字。

真的；在你的指尖，

天又大又蓝。

我让自己的双唇靠近你的双手，你的皮肤有着梦的温柔。

某种似永恒之物瞬间从我的双唇擦过。

有些傍晚，黄昏没有点燃你的发绺；

你不在任何地方，你不了解自己所说词语的含义。

这也是我的思绪。

你就像掠过地面又起飞并在阳光中远去的鸽子。

你穿过一缕晨曦

我从远方爱你。

你会回来

“当樱桃诞生而雌斑鸠惊醒。”
你在光辉的谎言中描绘了世界。

我看见雌斑鸠的双眼被愤怒点燃，
我知道月桂栖息在氯氰酸中
它的果实会使鸟儿的心停止跳动。

但是有的樱桃在雪里藏身
我听到雌斑鸠的呻吟。

在金线里降雨

三月的芬芳沐浴我们的身体。

宛若发生在你的眼里：

透过阳光下雨。

用你依稀记得的音乐引导的双手，

你在门槛说“再见”。不明智的温柔啊，

你在门槛说“再见”而从你的双手

分离出一个无限的瞬间。

请你进入母亲体内并睁开眼睛，

缓缓进入她的心灵。

在寂静中变成果实。

像一棵树，掩藏鸟儿的跳动

俯身并降下芳香和阴影。

陌生的话语形成在你的唇间

无形之物在你周围温柔地打转。

你的脸庞从镜子里走出，宛似抛弃瞬间的翅膀。我爱你镜中的脸庞；

你越将我抛弃，我越爱你。

我听见你哭泣。

我走上房间，阴影在那里压抑着静止不动的地板，但是你不在那里：只有床单包裹着你的梦幻。

我的一切都已消失？

还没有。在寂静的后面，

我又听见你的哭泣。

存在变得多么诡异：

你微笑在昔日里

而我知道自己活着，因为听到你在哭泣。

你用被光辉的愚昧穿越的话语，讲述一朵无形的花。你在讲述自己。

我在自己的手中

从没有无形之花的踪影。

我曾在光明中盲目，而你使疯狂转动。

一切都是幻觉，一切都凭感情。

你的头发在我手中，无形的蜂群从它的闪光中穿过，一个个瞬间在不停地抛弃我；

你的头发在两个虚伪的永恒之间。

啊，奇迹充满了光明：你的秀发

在我手中。

你独自一人，在自己的光辉下，珠泪涟涟。

在你的脸上有一片受伤的花瓣。

你的哭泣

在我的血管里流。你

就是我的疾病又能将我拯救。

你注视落在月桂叶片上的雪。眼中留着洁白和阴影并注意鸟儿的寂静。

我知道鸟儿逃了，不再回来，而你存在于我的界限之外。

你就是雪。

在池塘上方

鸽群围绕在你的头顶飞翔。

当它们的翅膀擦着你的头发，我俯身看见你在水中清晰的形象

我在你的清澈中但已认不出自己：

戴着鸽群的王冠

在水里。在你身上。

你在梦中。

你有莫名的恐惧并听到黑色花园中的呻吟。

我也害怕自己的面孔，担心它会化作无形。

别做梦了，要么最好梦见你身外的那些面孔：

看我就行。

伤感在你的眼中纹丝不动；那还不是你的伤感，但是你看着我

会从你的眼中落下一片阴影的花瓣。

你忘了看我；啊，充满光明的盲目女孩。

你的双臂从我身上撤离，但我在你双臂中逃离了自己。

你的思绪不知有我

但我就是你的思绪。

宛似依然在保持寂静的音乐，我感到你遥远的双手在我身上。

消失

和温柔就是这样。

并非鸟儿在阴影后面的叫声

也不是在暴风雨的平静中硫磺的抖动；

并非我血管里的水银

也不是我心中夏天的厚重。

实际上什么也不是：你的面孔抛弃了我的梦

我在眼睑下再不能和你相逢。

你怕我的双手

但你有时笑容可掬并在自身迷失

不知不觉，向周围放射光芒

我伸出双手，但碰不到你；只能

抚摸你放射的光。

它曾逃离了我。

或许在你身上，而你几乎不觉得在你小小的心中。

是的；不过是个阴影；

在你心里，很轻，很轻。

你说：“光明要来了”。时候未到

可你不了解不可能：

你只想光明。

我将在你的思想里，我不过是一个朦胧的影子；

我将存在于一个瞬间，快乐和仁慈那时会在你的眼里点燃。

但我也想在你那里保持陌生。

陌生。仅仅是沐浴在你的幸福中。

你在自己的光辉中陶醉，我几乎不在那里，就这样，不知不觉地被爱着，等候死去。

哪怕我们或许被一条阴影隔离，各自在自己的光辉里

而且我的光会被你的光抛弃。

你就像面临深渊的花朵，你是

最后的花朵。

错误的歌（节选）

（2012，2013，2016）

你逃离自己，为了获取从未存在的真理。

你讲述一只曾穿越你的梦境的鸟儿。你欺骗自己：你，尚未
存在，就是其唯一的现实。

“玫瑰美丽，有何目的?”

这是你伟大、无用的问题。

你又说：“不懂是为了看清。”

但是，看什么？你的收获仅仅是燃烧自己的眼睛。

你要懂得：

只有一个真正的字：

否定。

我看见蚂蚁栖息的心脏，肉体的面具，和一条被犹豫不决的屠夫抚摸的蛇，被囚禁在矩形中的百灵，愤怒的乌头麦鸡，还有将锁链
亲吻的母亲们。

多么艰难的事情：不想爱而爱，让钢铁打结，发现一个动物的美丽——它在哭泣并幸存于被剥夺了希望的脏器，看见一位老者，他在行走又不知向何处去，而他的括约肌慢慢将血往雪地上滴。

这冬天的兄弟，难道我在从自己的青春逃离?
我看到
谨慎的油脂，疲惫，芒刺；刺在我的眼睛上的锋芒极其锐利。
我沿着托架
下降。我不晓得。我将
沿着衰老深深的阶梯下降。

只见：

虚伪是我们的教堂。

我

已在到达，

我

就要到达。

此刻，

不知为何，我要在镜子中间高歌。

准备好你们的耳蜗，一连串脊椎的怒火，

被恐惧引导的解剖。

我的声音

在诽谤中这样说，

它说：

“活着很奇异，在愤怒中休息。心明眼亮的昆虫

在我们的血管里吮吸。

活着

很奇异。不能拯救自己。

由于什么，为了什么？

不能

拯救自己。

无论

在檀香还是在受折磨的根里都无法拯救。棺木里，

绝对无法拯救。

因此我推荐

崇高的冷漠。

只关心

临终

有某种温柔。

挣扎

同样奇异。

尽管如此，

有些动物还是飞快地交配。包括我，也和黯淡的花儿、抽象

的字谜，和蓝色化石和黄色老妪，以寻常的方式

发生关系。

或许有

一条最终的绳索，而其中的黑暗

或可进去。

但是没有：我们

没有最终的绳索。

只有

疯狂的木头，是的，只有木头。”

我爱自己的身体；脊椎被生动的钢丝

撑开，软骨被磨损，

微微潮湿的心脏

头发在你手上

疯狂。

我也爱

自己被呻吟穿透的血液。

爱动脉的钙化

和伤感，肝脏的激情

在过去沸腾

和寒冷眼睑的鳞片。

我爱细胞的纤维，

最终化作白色的沉淀，

悲哀的髓液，

不幸的洞眼，

衰老的斑点

和肠道黑暗的威严。

我爱循环

痛苦的油脂和紫黑色

肿瘤的根。

我爱这老迈的身体
及其临床可悲的本因。
忘却
溶解了思考的材质
在谎言伟大的镜片
面前。
一切
都已冰释前嫌。

在我身上没有原因。
只有疲倦
和古老的迷乱：
从
不存在
向不存在登攀。
不过是
一场梦幻。
一场空空的梦幻。

然而已经发生。

我爱

自己相信的一切

就在我心中。

我爱

母亲那伟大的双手

那古老金属的眼睛

和她那疲惫

充满着寒冷与光明。

我藐视

永恒。

我活过

却不知为何。

现在

我只有爱自己的死亡

却又不会死亡。

错得多么荒唐。

沐浴昼夜平分点的光芒，当幽灵下降而一些鸟儿在黎明时自杀身亡，另一些，更加悲伤淫荡，它们，只想黑色的国土和夜晚的雌性，那时病态的写作停止，而她们对你自称为自然、炽热、身体的女王。

沐浴昼夜平分点的光芒，你是红色的，太阳的，而且在痴迷：痴迷自己，音乐脱离了你。

你像海洋，流淌在牧人的心上。

你的赤裸冲破一道道源泉。你在燃烧，鸽群在你周围旋转。

你，
晃了眼睛，来，给我你的荒唐。
来，给我你的腹部和疯狂。
请吮吸我的创伤。

有一段时间，你的眼睑闭在我的眼上。

我看见隐藏在你肝脏里的贫困，星期五的人群和你在内尔瓦医院里燃烧的疯狂。

你的疯狂是多么辉煌，在我的心中依然有何等的重量。

你，此刻，不在你自己身上。我想，我痴呆地想

你在母亲的怀里畅游梦乡。

好吧，无论如何，

你我要相逢又彼此陌生。

你

已经不会有重量在我心中。

光是不可见之
第一个可见的动物。

何塞·莱萨玛·利马

当一声黄色的呐喊进入眼里
大块的哔叽铺在溃烂的身躯。

人们说我还没死，影子的牧人
现在服从无形的手。

一条盲蛇向我们爬来。
已经无人微笑和相爱。

一场符号的飓风徒劳地向前。
最后的谎言伪装成冬天。

有人在挖掘数字的墓穴，
有人在给关键的绳索打结。

有的人在深渊边上盲目地歌唱

而另一些人，绝望地性交，更加一声不响。

再过去一步，一切都已坚定，
一切都会在“不存在”中得到说明。

混乱的人群
悄悄地前进。实验室里
人们在紧急地筹备哭泣的合成食品。
一些人在垂死挣扎，被紫袍箍紧
而另一些人缓缓敞开目光
知道坚硬的泪水在角膜里隐藏而他们的思想
不过是一种物质——超越死亡。

发臭的玫瑰在扩散。烧焦的花瓣
减退了芳香。毛毛虫，母亲们
来了，她们没有遗忘。
发疯的果实
和那些从启明星上脱落的残余
以及最后的音节聚在一起。

在你身上，
霍乱患者在其液体中，昏睡者将醒来，
他的目光将注视着你，像刀子一样。
你将感到寒冷，直到骨头，
赤裸得精光。

将有一道光芒。

或许

无形事业的开始就是阳光。

光线。

一定

是最后的光线。

我

已疲惫不堪。

不记得

自己的脚步。

我

已经到站。

却不知

去往哪边。

我

已疲惫不堪。

我看着垃圾场。远处的一辆摩托车在呻吟。我在雪地上等候黑色的践踏。我将自己蓝色的前额放在冰凉的玻璃上。

豪尔赫①
慢慢进来。歌唱。

我倾听他承载着阴影的歌声
还有那金翅鸟，隐藏在和谐中。

白雪

在贫困描绘的领地上燃烧。

金属
停止了呻吟。
黑夜，此时
在预兆中溶解。
我又一次感到恐慌。

---

① 豪尔赫·佩德雷洛斯（Jorge Pedreros）是加莫内达最好的朋友和导师，内战后在佛朗哥统治下自杀身亡，在诗人的内心留下了浓重的阴影。

我将

自己蓝色的前额放在冰凉的玻璃上。

穿过光线的刀子来了。
光线又被鸽群穿过
鸽子在地下的坟墓里繁殖。

　　　　　　　　　　　我看见
深渊的形状，看见
一个个被烧焦的国家。

红色的
重量在矩形里的颤抖
寒冷的绿色在深处。

　　　　　　　　我将自己的眼睛
置于最后的透明。

　　　　　　　现在我看见
你黄色的激情。

　　　　　　请给我

你不屈的光芒，埃利亚斯[1]，
请给我
你的光芒。

① 埃利亚斯（Elías García Benvides，生于 1937 年）是画家，加莫内达的同乡好友，二人的画作和诗作有异曲同工之妙。

一朵白花在将团结伪装。
寂静的引力吸引着光
而黄金的音节从光里下降。

是的，不过
你现在想一想团结，可怜的
团结，即
想一想你自己，想一想
你的坚固：凝聚，
厌恶，疑虑。

在白色的糊涂里。
数字停息。

　　　　　不会
有团结。

　　　　　在空洞的墓穴，
在最后的牢房
漂浮着消亡，
一位虚假的神向下伸出双手

打开极限的创伤。

　　　　　　　　　不会

有鲜活的数字。

　　　　　　　　　只有

虚伪是神圣的。

我抖动眼睑的灰烬。

我在黑夜的内部寻觅白昼，是的，在我身上打开：似有似无。

在白天的运作里我没找到物质。我休息直到我的液体在阳光中化作空虚。

我靠近刀子造访的材料，傍晚的布道在向它们呼叫，
我依然感到铁的拨动和发疯的器械在静止中的激情。

后来，
你的双手又一次从我身上掠过。

光将我抚摩。我感到
它的舌舔着我的皮肤。
停止是它的归宿。

同样
我的习惯也是如此：
有
为了无。

同样
真即是假：
我的哭泣
在你的眼睑下，
你的脉搏
在我的皮肤下。

我爱过。像杨树的颤抖一样不可思议。我知道自己爱过，尽管还在痴迷。

我生活在一个人心中，她的血与我的血融合，音乐萦绕着我，我就是音乐。
现在，
谁在我的眼中失明？

一些手抚摩我的面孔并渐渐老去。在伤痕和阴影中活着的是什么？母亲怀中的我是谁？我自己心中的我又是谁？

我唯一学到的是遗忘和陌生。是奇怪。
爱情
依然栖息在忘却中。

我在坎塔米拉诺斯[1]的垃圾场
践踏阳光。来了
饥饿的苍蝇。
它们吮吸
在医院滴血的棉球上。
　　　　　　　　　　我看见
远处的篱笆：草上的
芒刺在维亚巴特尔[2]
牧场。
　　　已降临
最后的阳光。
　　　　　　无形的事业
包围着我。
　　　　　我行走
在乞丐们
黑色的足迹上。
　　　　　　　靠近
那些砖瓦厂。

---

① 坎塔米拉诺斯（Cantamilanos）是莱昂市一个较贫穷的城区。

② 维亚巴特（Villabalter）是莱昂地区的一个小镇，约 1700 居民。

后来
我进入自身：
自身已没有
生命的颤抖。
只有
抚摩我的骨头的阳光。

拱顶下，我注视着黑暗，
而黑暗
却看不见：只看见光线
在自己的否定里面。

遗忘
就是这样：
荒无人烟的记忆。
这也是
你在我心中的身体。
你没在
爱情中疯狂地哭泣。我没察觉
你那眼睑的声息
以及你的头发
燃烧在我手里。

那些面孔
从我这里逃脱

而且不再认识我。

在我心中

谎言已经

停止传播？

是我，

孤独的生命，活的

身体在挣扎中？

我是

一个相似的梦？

这就是

真实的不可能？

现在，

多少口钟

在维亚巴特晃动。

谁，

此刻，同样，在我心中，

创造着寂静？

没有真实。昆虫

在血液中得不到营养。

伟大的乞丐

绝不去垃圾场。

在维亚巴特

没有草：草
在芒刺下
早被冰
烧焦。

谁
还在，固执地，
将时间思考？
我不知道。

总是即从不？
可能。
反正一样。我不懂
不过又懂。
是个
无关紧要的错误。
我是个错误。你也是
一个沉在
我心中的错误。
你看到了吗？
你是我的错误可我爱你。

我挣扎的光。来吧。

胡安[1]，过来：我要
听听你的心跳。
　　　　　　　　　　你在心中保存的
红色吼叫。
　　　　　　　我知道：
“固执的心在爱”。那颗心痴迷于
一朵美洲黑色的花
以及别的实在的黑色物质。

　　　　　　　　　　　　　　　　心
不孤独：肝脏中
有日益老化的愤怒。
　　　　　　　　　爱。
　　　　　　　　　　　　　　是的，
爱。

你
血管里有音乐。

---

① 这里指阿根廷诗人胡安·赫尔曼（Juan Gelman），加莫内达的好朋友，《固执的心在爱》是赫尔曼一本诗集的名字。

谁，

在你身上调理竖琴，谁

在鼓动那金属的声音？

那些母亲，胡安，那些母亲

还在怀里将你摇摆？

我说

如果依旧，死后，她们

会在怀里将你摇摆。

我说

她们的双手

在碱水和泪水中已被烧焦。

我说

还有一些母亲们的指甲，

一些黄色的面孔。

而你

可记得那富态的女性，她的酵母，

她那黄金的风暴？

胡安

你怎么说？

我正要问你

受辱的夜莺。

你可记得

她那旋转的音乐，

她那无限的米龙加舞[1]？

胡安：

我说，我在想，我

要说再见。

再见

爱世界的疯狂。

爱

那些不朽的死者

直至燃烧我自己的心脏。

我说，

我在想，我想

要点什么：胡安，

给我一朵花，

你知道，美洲的，

一种

怒不可遏的铿锵。

---

① 米龙加舞（Milonga），一种阿根廷的民间舞蹈。

被蚂蚁光顾，在钟楼之间
沸腾，在人行道下，
在露水的炽热中。
　　　　　　　　我的回忆
是遗忘的弟兄。

　　　　　　曾是
铁的道路，种马的吼声，
紫花布的线在淌血，
牵牛花开在黎明。

　　　　　　　　曾是
萨尔街区的母亲们。
　　　　　　　　　以及铁路
员工的信号灯。

　　　　　　曾是
我生命
最初的死亡，
最后的早上。

雌斑鸠沙哑的调门将在月桂的内部暂停。

被垂死的喘息和吮吸了毒液惊吓的寒鸦也停止了颤动。

蜥蜴或许在紫藤下挣扎，并被雨水抛弃，花园在昏睡的火炭中燃烧，水泥在因盛夏而淌血的樱桃的腐烂中发疯。

还有其他可能性的可能：

或许

我是脱离了自身之人
我在挣扎但对自己的挣扎却很陌生，
而这里，在火山愤怒的掩盖下，
我思想冰冷的残余
进入失踪者的花园中。

今日清晨我进入自身。

一种寂静，恰似被遗弃的库房，但是我身上有一些词语：“日安”，“幸福”，“健康”。

撒谎。

就在今天早上我听到了最虚伪的话语：“活着”。

在悲哀的洞穴里那些灵敏的话语啊。

我

爱其他的话语：那些静止的话语。

它们毫无意义的真实情况沸腾在我的舌头上。

它们自身多么平静，多么透明。

我死亡中的一朵花。只是一朵花。

不是一场充满阳光的梦也不是一种精神的补充——被无限的音乐支撑。

只是一朵花。

一个陌生人在我心里。挣扎，而且为了挣扎，利用我的心脏。

我想到因为憧憬新鲜果实而发疯的父亲，想到爱情和吗啡。不。不是我的父亲。可那是谁在我心里挣扎呢？

可能我自己是那陌生人，而我的心不属于我，尽管我让它跳动。可能。

实际上没有问题。无论如何，我会是，已经是我自己的孤儿。

露水在受摧残的树下沸腾，墙壁和虞美人上面的雨水是黑色的。

这是土地吗？它在繁星下曾是干干净净。

记忆会腐朽，雪片会生锈，微小的动物——我血管里有。

为此和为了统计肺结核、工业肿瘤和亚洲孩子们腹内的弹片，

必须要做点什么。

比如说，焚烧，钻头和金融财政，基于上述原因

也为了污秽不进入母亲的血管，为了她们在临死前

还能露出笑脸。

露水中，从高高的枝头摘下的和过去联系在一起的果实，在我们逆向的希望中引出了清晨的凉爽：

李子。

小小的，圆圆的湿润的球体，适时的花朵，大马士革轻轻的雌蕊。

还有渐渐发黄的苹果。

它们来到

我们的习俗。

你们看

被紫色和芳香包围的苹果，大地纯真的象征，
这纯真被灰烬和芒刺豁免。

你们看：

外表庄严的赤裸的果实，
准确地在温柔雕琢过的盘子里，
像北欧的夜晚，旁边是白色的器皿。

而葡萄酒：
发酵
掩盖着荣耀的风暴。
啊，幸福的疯狂：

畅饮，歌唱，

不承认，生命贯穿着歌声。

我爱

这草木的暴动。

我爱，

在加工过的橡木及其古老的忍耐上，

那尽人皆知的葡萄酒，在最后的黎明

使我睁开了眼睛。

1

你听到了大海的呻吟。宣告

一种危急。

　　　　　请你

从这思想解脱：这

危急会将你放过。

　　　　　　　　解脱。

　　　　　　　　　　　不必回答

大海的呻吟。

2

命运不存在但是却被红色的根贯穿。

　　　　　　　　　　　　　　　就是

这样，我的思想，曾经

被否定的闪电贯穿。

　　　　　　　　　就这样

时间在呐喊，宣布

其无用的预言：

　　　　　　　黎明的

紫色

和熄灭。

3

是的，否定

前进在我的血管里。

远离

我的思想

凹陷的舱底。

确切地说，

我心里没有思想。虚伪

占据了我，在生活的复杂中

这是唯一承受的果实。

4

在浮雕中有愤怒。光线洒满院落

线条分割矿物和阴影。

阳光

温柔地支撑鸟儿的威严，将平静和眩晕汇集在同一瞬间。

你可想过自己眼睛外面的光明？

想一想光明。

不：

你不能想它：它

在想你。

闭上你的眼睛。

今天我见到了赛希莉娅。她的发绺充满阳光。

她在寂静中生长。现在又高又苗条，像古老歌曲中的姑娘。

或许能折得桂枝，摘得让小鸟停止心跳的黑色樱桃，但是她知道樱桃中沸腾着有剧毒的酸液，因而永不摘取。

她悠然自得。不用看，仅凭呼吸和脚步的缓慢便能认出我。

她有时微笑，她的笑容将我的衰老抚摩；注视着我并提醒我的笨拙。

我就像

一只灌了铅的鸟。

是的，但突然，

多么神奇

我觉得自己是百灵的兄弟。

赛希莉娅活在我身上，但她并不晓得。

当她的眼睛进入我的眼睛，我便活在她身上。为了说出实情，我必须撒谎：当这种情况发生，我不需要任何希望；为了赛希莉娅不将我抛弃，只须闭上眼睛。

后来我极缓慢地穿过时间，并发现在我头脑中也温柔地栖息着光明。

你的头发降落在影子的翅膀上，但你的身体在雪的内部闪光。

你像一个痛苦的星球，在自己身上旋转。

赤裸的女子：美
和拒绝在你身上燃烧。
你发声
像十六弦竖琴
发出最后的呻吟。

你像檀香的果实，沸腾而又寒冷，像亚述人的雪花膏洁白而又神秘。
一朵火的玫瑰从你的腹内萌生
并呼叫着
开放在腹股沟的阴影。
后来，它深入
我的眼睛。它的花瓣
在那里化作灰烬。

“外公，你像一只老的鸟儿那样呼吸，散发着腐朽花儿的味道。你怎么保存了那么多的泪水?”

赛希莉娅并没有这样和我说话，她那粉红色的舌，多么像蓝色小蝰蛇的舌，在喷吐幸福的失眠。

赛希莉娅轻松地想着我；哪里知道我猜中了她的想法，并早已猜中，
不过她说得对：毫无疑问，我是
一只疲惫的鸟。

是的，我累了，而且不知道或不重视倘若不是她的眼光，我会何等的神采奕奕。

当我的疲惫结束，赛希莉娅就闻不到腐朽花儿的味道了。

附　录

西文目录（Apéndice：Índice en español）

Índice en español

Antología Poética de Antonio Gamoneda

Sublevación inmóvil (1953—1959 y 2003, 12)

Consistencia de fuego

Como un suave relámpago

Una cabeza piensa

Incandescencia y ruinas

Sumido en sombra y sed

La belleza

Si alguien me diese un

Música de cámara (I)

Cantidades de tiempo

Ante mi rostro

De la quietud, un pájaro

Fruto de oscuridad

Extentos I (1959—1960, 2003, 2018, 2)

Existían tus manos

A las ocho del día en febrero

Blues castellanos (1961—1966 y 2004, 10)

Después de veinte años

Malos recuerdos

Caigo sobre unas manos

Geología

Blues del amo

Blues de la escalera

Visita por la tarde

Amor

Estar en ti

Siento el agua

Exentos II (*Pasión de la mirada* , 1963—1970 y 2003， 8)

Vivo sin padre y sin especie; callo

En selva roja donde el agua nunca

Es él， el alimento y el olvido

La que calla y desprecia; la que extiende

Está tejida con azul la noche

Recuerdo que la tierra quiebra dura

Es cierto que la piel de las estatuas

Dime qué ves en el armario horrible

Descripción de la mentira (1975—1976、2003)

El óxido se posó en mi lengua como el sabor de una desaparición

Lápidas (1977—1986, 2003 y 2018)

En la quietud de madres inclinadas sobre el abismo

Todos los animales se reúnen en un gran gemido...

Era un tiempo equivocado de pájaros...

No hay salud， no hay descanso...

Desde los balcones...

Sucedían cuerdas de prisioneros...

Eran días atravesados por los símbolos...

Vi una amistad sin ternura ni nombre...

Aviso negro

Relación del prostíbulo

El comedor de las viudas

Tango de la misericordia

Libro del frío (1986—1992, 1998、2004)

1. Geórgicas

Tengo frío junto a los manantiales

Entre el estiércol y el relámpago...

Ante las viñas abrasadas...

Sobre excremento de rebaños...

Extrañeza, fulgor...

Tiendo mi cuerpo...

2. El vigilante de la nieve

El vigilante fue herido por su madre

En la ebriedad le rodeaban mujeres...

Cada mañana ponía en los arroyos...

Era incesante en la pasión vacía...

En su canción había cuerdas sin esperanza...

Era veloz sobre la yerba blanca...

Era sagaz en la prisión del frío

3. Aún

Pájaros...

Alguien ha entrado en la memoria blanca...

La luz se anuncia en los cuchillos...

Hablan los manantiales en la noche...

Esta hora no existe...

Hay un anciano ante una senda vacía...

Eres sabio y cobarde...

Hay una hierba cuyo nombre no se sabe...

4. Pavanaimpure

Tu cabello en sus manos...

Todos los árboles se han puesto a gemir...

El mirlo en la incandescencia de tus labios se extingue

Busco tu piel inconfesable...

La inexistencia es hueca...

Nuestros cuerpos se comprenden...

Amor que duras en mis labios

Ha venido tu lengua; está en mi boca

Llegan los animales del silencio...

He envejecido dentro de tus ojos...

Eres como la flor de los agonizantes

En la humedad me amas

Tu cabello encanece entre mis manos...

5. Sábado

Mi rostro hierve en las manos del escultor ciego

El animal del llanto lame las sombras...

El animal que llora...

Estoy desnudo ante el agua inmóvil...

6. Frío de límites

Como la cólera en el hígado...

Nada en tu espíritu...

Va a amanecer. Hay noche aún sobre tus llagas

Gritan las serpientes en las celdas del aire...

Entran en tu cuerpo...

7.

Amé las desapariciones...

Arden las pérdidas (1993—2003、2004)

Viene el olvido

La luz hierve debajo de mis párpados

Tengo frío...

Hay una astilla de luz...

He tirado al abismo...

En los desvanes habitados por palomas...

En las iglesias y en las clínicas...

Aún sus manos acuden a mis sueños...

Arden las pérdidas. Ya ardían

Ira

De las violentas humedades, de

¿Quién viene

Vienen con lámparas, conducen

Fue

Bajo la actividad de las hormigas

Va a amanecer sobre las cárceles y las tumbas

Más allá de la sombra

Veo la sombra en la sustancia roja del crepúsculo

Detrás de la oscuridad están los rostros...

Puse agua y cinabrio en mi corazón y en mis venas

No hay ya más que rostros invisibles

Quizá el silencio...

Claridad sin descanso

Vi lavandas sumergidas...

Un animal oculto en crepúsculo...

Ya

Vi descender llamas doradas...

Sobre la calcificación de las semillas...

Esta es la edad del hierro en la garganta. Ya

Vi una tempestad conducida por lamentos...

Siento el crepúsculo en mis manos...

Cecilia (2000—2004)

Duerme bajo la piel de tu madre...

Fluías en la oscuridad; era más suave que existir

Como si te posases en mi corazón...

Bajo los sauces

Acerqué mis labios a tus manos...

Algunas tardes el crepúsculo no enciende tus cabellos

Eres como la paloma...

Vas a volver

Llueve

Con tus manos conducidas...

Entra en tu madre y abre en ella tus párpados

En tus labios se forman palabras desconocidas

Tu rostro sale del espejo...

Oigo tu llanto

Con tu lengua atravesada...

Estaba ciego en la lucidez...

Tus cabellos en mis manos...

Estás sola en ti, debajo de tu luz, llorando

Miras la nieve prendida en las hojas del lauro...

Sobre el estanque

Sueñas

En tus ojos se inmoviliza la tristeza...

Te olvidas de mirarme, ah, ciega llena de luz

Como música...

No es el grito de los pájaros más allá de las sombras

Temes mis manos

Huyó de mí

Dices:《va a venir la luz》. No es su hora

Yo estaré en tu pensamiento...

Eres como una flor ante el abismo, eres

Canción errónea (2012、2013、2016)

Huyes de ti para alcanzar verdades...

He visto corazones habitados por hormigas...

Amo mi cuerpo...

En el fulgor de los equinoccios. . .

Hubo un tiempo en que tus párpados se cerraban...

Cuando en los ojos entra el grito amarillo...

Luz. / Ha de ser / la última luz...

Miro los vertederos. Gime un motor lejano...

Viene el cuchillo que atraviesa la luz...

Una flor blanca finge la unidad...

Sacudí la ceniza de mis párpados...

La luz me acaricia. / Siento...

Amé. Es incomprensible como el temblor de los álamos...

Piso la luz sobre los vertederos...

Juan, / acércate: quiero...

Asistidos por las hormigas, hervían...

Habrá cesado en el interior del lauro...

Esta mañana me he adentrado en mí...

Un desconocido habita en mí. Agoniza y...

Hierve el rocío bajo los árboles torturados...

Arrancados de ramas altas en el rocío...

Has escuchado el gemido del mar (I, II, III, IV)

Hoy he visto a Cecilia. Su melena está llena de luz...

Tus cabellos descienden en un ala de sombra...

《Abuela, respiras como un pájaro viejo y...》

Epílogo del traductor

译后记

赵振江

安东尼奥·加莫内达于1931年5月30日出生在西班牙的奥维多。三岁时父亲去世，随母亲迁居莱昂市。他的童年和少年时代，正值西班牙内战和战后的艰苦岁月，他家又居住在铁路工人聚集的城区，因而对劳动人民的生存状况有深刻了解和切身体会。他十岁才开始在一所宗教学校接受教育，两年后辍学；十四岁开始自谋生路，从做实习生和勤杂工开始，在一家银行任职达24年之久。在此期间，他参加了知识界反法西斯斗争。1960年在马德里出版的诗集《静止的暴动》（1953—1959）是其成名作。1969年，他开创并领导了莱昂省议员团的文化活动。翌年，开始出版“莱昂诗丛”，践行“用独裁统治的钱弘扬进步文化”的思想。为此，他的公务员身份曾被剥夺，后通过法律程序才得以恢复。此前创作的《大地和唇》（1947—1953）、《豁免（I）》（1959—1960）、《卡斯蒂利亚的布鲁斯民歌》（1961—1966）、《豁免（II）》（1963—1970；1979年修订再版时，题为《目光的莱昂》）等诗作都是在佛朗哥死后才获准出版的。在此期间，他曾持续与不同的文化期刊合作。

此后，他的诗作有长诗《描述谎言》（1977）、《碣碑》、《时代》（1987）、《寒冷之书》（1992）、《损失在燃烧》（2003）、《赛希莉娅》（2004），同年出版了《这光辉》（1947—2004诗歌汇编）。

安东尼奥·加莫内达在国内外荣获了许多文学奖项，其中最重要的是国家诗歌奖（1987）、索菲娅王后奖（2006）、塞万提斯文学奖（2006）和西班牙堂吉诃德文学奖（2009）。

我对安东尼奥·加莫内达的认识始于第二届青海湖国际诗歌节。2009年初，诗歌节组委会要我推荐“金藏羚羊国际诗歌奖”获奖人选，我推荐了阿根廷诗人胡安·赫尔曼。他是2007年有西语世界诺贝尔文学奖之称的塞万提斯文学奖得主，而前一年获得该奖项的正是加莫内达。同年，来华出席青海湖国际诗歌节的西班牙诗人胡安·卡洛斯·梅斯特雷是加莫内达的同乡，和他是“忘年交”，二人是亦师亦友的关系。通过梅斯特雷，我和加莫内达有了邮件往来。我一直想邀请他来华参加诗歌交流活动。遗憾的是由于健康原因，至今未能成行。今年，他获得“荷马奖章”，评委会副主席、中国诗人、翻译家、华东师大出版社“荷马奖章桂冠诗人译丛”主编赵四女士，邀请我翻译其中的《加莫内达诗选》，我欣然接受。我从诗人赠予我的680多页的选集《这光辉》中选译了较多诗篇，只有最后一组《错误的歌》选自诗人2012年出版的同名诗选。

这些诗作，主要选自几个诗集。《大地和唇》作于1947—1953年，彼时诗人只有16—22岁。这是习作和练笔，是诗人创作的起步，这些诗作从未独立成书，表达的是青春的激情和爱的忧伤。诗人在米寿之年（八十八岁）还叮嘱译者，一定要把下面这首短诗加上并放在卷首：

我将畅饮你的秀发

并闭上眼睛。

你的秀发

会沾满亲吻

并继续茂密地滋生。

诗人对初恋的深切记忆可见一斑。《静止的暴动》(1953—1959) 虽依然是“青春之书”，但已表达了诗人的意志，对欲望迫切要求的回答，表达了诗人的人生态度、美学选择、道德标准和政治立场。从诗集的标题即可看出，这是一种“平静的造反”。诗人追求的是“人类尊严”和“普世价值”，诗作具有一种柏拉图气质和乌纳穆诺风格。在《卡斯蒂利亚的布鲁斯民歌》(1961—1966，2004) 中，语言虽较直白，但批评的力度更强了，而且出现了劳动者的形象，有了个体和集体的辩证关系以及政治承诺、家庭责任和个人欲望的冲突。

长诗《描述谎言》(1975—1976) 是加莫内达的成熟之作。它不仅是诗人最具个性化声音的结晶，而且为后来的诗作开拓了空间。从此，他的创作和追求更趋向内心世界，这一特点在后来的诗集中不时闪现出意想不到的光芒。长诗宛如一幅巨型马赛克拼图，记忆的碎片围绕诗人的家庭、经历和身边的风景在心灵中展开，在长时间的沉寂中浮动。1975年，佛朗哥逝世，胡安·卡洛斯登上王位，实行民主改革。诗人回首内战和战后的往事：失去了青春、伙伴、战友，已经没有推心置腹的对话者，甚至没有政治变动带来的愉悦。他认为自己是“幸存者”，是“残余”，幸存变成了负担，《卡斯蒂利亚的布鲁斯民歌》中的内疚已经化作公开的创伤。

诗人在《描述谎言》中使用的是具有象征意义的词语。如前所说，弄清这些象征的所指并非易事，尤其是对一位中国读者来说。如诗中反复出现的“面孔”，指的是那些因自杀、发疯、受刑、牺牲而导致的“失踪者”。诗人在回首往事时，内心充满矛盾：骄傲和悔恨、轻松和纠结、柔情和痛心交织在一起。

自《描述谎言》以后，加莫内达诗作中的许多意象都是“朦胧”的，译者不清楚诗人要说什么，尤其是面对一词多义时，不知哪一个是作者的本意。例如，在《描述谎言》的开始部分，有一句话：“现在是夏天，我备了焦油、芒刺和削好的铅笔”。我不明白“焦油”和“芒刺”指的是何物，便向两位诗人朋友请教。古巴诗人亚塞夫告诉我：焦油指的可能是香烟，芒刺指的可能是某种带刺的植物；西班牙诗人梅斯特雷的答复是：焦油指的是沥青即公路，芒刺指的是诗人家乡附近产的黑莓。我觉得梅斯特雷的说法或许更有参考价值，因为他是加莫内达的同乡好友。但这也让我意识到：即便是西班牙语国家的读者，对同一个诗歌意象也可能有不同的理解。又如，在《碣碑》中有这样的诗句：“话语，屋瓦下的热度，倒退的糨糊，在梦的伪装下发狂的胆汁，/它们是什么？当真理熄灭，它们在我身上做什么？”我不明白话语一词为什么和“屋瓦下的热度，倒退的糨糊，在梦的伪装下发狂的胆汁”相提并论，便向一位阿根廷教授和一位西班牙诗人请教，结果是他们都建议我按照字面直译。

加莫内达的诗歌创作和他的人生经历是密不可分的。诗人将记忆中的沧桑变化、世态炎凉、人生百味化作一个个诗歌意象，然后凝聚笔端，跃然纸上。由于不了解这些意象的指代，读者往往如步入迷宫，辨不清方向，找不到出路；但越是如此，却越要继续探寻，生怕错过了前面更美的风景。这可能就是加莫内达诗作的魅力所在，也是我阅读和翻译加莫内达诗歌的感受和体会。坦诚地说，由于对诗人的人生轨迹、心路历程和诗学理念缺乏深入细致的了解和钻研，再加上本人的人生经历、文化传统和知识储备和诗人有巨大差异，因而对许多诗歌意象的理解很难准确到位，这正是译者忐忑不安却又无可奈何的原因。

虽是“译后记”，就算“有言在先”吧。期待您的批评指正。

初稿，2019 年 12 月 26 日

修订，2020 年 2 月 9 日

图书在版编目(CIP)数据

加莫内达诗选/(西)安东尼奥·加莫内达著；赵振江译. --上海：华东师范大学出版社，2020
(荷马奖章桂冠诗人译丛)
ISBN 978-7-5760-0987-3

Ⅰ.①加… Ⅱ.①安… ②赵… Ⅲ.①诗集—西班牙—现代 Ⅳ.①I551.25

中国版本图书馆CIP数据核字(2020)第209717号

华东师范大学出版社六点分社
企划人 倪为国

本书著作权、版式和装帧设计受世界版权公约和中华人民共和国著作权法保护

Selected Poems of Antonio Gamoneda
by Antonio Gamoneda
Copyright © Antonio Gamoneda
Simplified Chinese Translation Copyright © 2021 by East China Normal University Press Ltd
All rights reserved
上海市版权局著作权合同登记 图字：09-2020-123号

荷马奖章桂冠诗人译丛
加莫内达诗选

著　　者　[西]安东尼奥·加莫内达
译　　者　赵振江
责任编辑　倪为国　古　冈
责任校对　王寅军
封面设计　夏艺堂

出版发行　华东师范大学出版社
社　　址　上海市中山北路3663号　邮编　200062
网　　址　www.ecnupress.com.cn
电　　话　021-60821666　行政传真　021-62572105
客服电话　021-62865537　门市(邮购)电话　021-62869887
地　　址　上海市中山北路3663号华东师范大学校内先锋路口
网　　店　http://hdsdcbs.tmall.com

印 刷 者　上海盛隆印务有限公司
开　　本　890×1240　1/32
插　　页　1
印　　张　11
版　　次　2021年1月第1版
印　　次　2021年1月第1次
书　　号　ISBN 978-7-5760-0987-3
定　　价　78.00元

出 版 人　王　焰

(如发现本版图书有印订质量问题，请寄回本社客服中心调换或电话021-62865537联系)